中公文庫

切　り　札

トランプ・フォース

今野　敏

中央公論新社

切り札

トランプ・フォース

主な登場人物

佐竹竜《りゅう》……………………日本の商社マン。拳法の達人
佐竹辰範《たつのり》…………………佐竹竜の父
永瀬みどり…………………佐竹竜の同僚

グレッグ……………………マンハッタンのハーレム地区で道場を営む空手家
マイク………………………グレッグの弟子
ゲーリー……………………グレッグの弟子

デービッド・ワイズマン……世界各地で実戦経験をもつ傭兵
マーガレット・リー…………元英国スパイ。カンフーの達人

ジャン＝ジャック・ギョーム……フランスの外国資料情報対策本部第五部の責任者
シャルル・ルヴォア…………フランスの国土監視局局長

フランク・ミラー……………アイルランド民族解放軍のメンバー。爆破テロの達人
楊隆《ヤン・ルン》……………………拳法を駆使する殺し屋
ワルター・カッツェ…………ドイツ赤軍の活動家。ナイフの使い手
アブドル・シド………………スナイパー

1

二つの円筒形をした天守を持つ古びた石の城は、淀んだ河のほとりに建っていた。

周囲は深い緑の森だった。

城は廃墟《はいきょ》だった。

ルネサンス期に造られた城は、中世の城のような外観を保ってはいたが、本来の城郭ではなく、多くは貴族の邸館でしかなかった。

この、さほど大きくない城も、そうしたもののひとつだった。

佐竹竜《さたけりゅう》は、崩れた城壁の一部を乗り越えて、侵入すると、すぐに壁に身を寄せた。

彼は、Wz63サブマシンガンを右手に持ち、腰だめに構えていた。

このポーランド製の銃は、片手でコッキングができるため、すぐさま、撃ち出すことができる。

上部を大きく切り取ったスライド・イクステンションが、発射の際、ガスを上方だけに逃がし、銃口が跳ね上がるのを抑える働きをしている。

Wz63は、九ミリ×十八弾を、毎分六百発、発射する。

アメリカのイングラムM10の連射速度は、毎分千発ほどだから、Wz63の連射速度がそれほど速いとはいえない。

しかし、この点が長所だった。

ミニ・サブマシンガンの最大の欠点は、速すぎる連射速度なのだ。

佐竹竜は、無意識のうちに、何度もつばを呑み込んでいた。

天守の上に人影がないか見上げたとき、背後で小石が転がる音がした。

佐竹は思わず振り返った。

その瞬間に、別の方向から、フルオートの発射音がとどろいた。

おびただしい数の弾丸が一瞬のうちに、佐竹の周囲の石を削り、小さな破片を飛び散らせた。

佐竹は、敵から死角の位置にいた。

しかし、ありとあらゆる角度に躍り狂う跳弾《ちょうだん》のために、身動きができなくなった。

(撃ち合いのときに、石やコンクリート、厚い鉄板など、固いものを背にしてはいけない)

佐竹竜は、頭のなかで、復唱していた。

(その注意を怠ったら、君は、跳弾のために、大けがをするだろう)

佐竹は、すでにそのあやまちを犯していた。

彼は移動しようと、一歩踏み出した。

崩れ落ちた石の破片を踏む音を立ててしまった。

そのとたんに、一度沈黙していたサブマシンガンが再び火を吹いた。

佐竹は恐怖のため、舌が乾いていくのを感じた。

彼は、ぴったりと石の壁に張りついているしかなかった。

銃撃が止んだ。

彼には、敵の位置がわからなかった。

恐怖にかられ、佐竹は、Wz63のトリガーをいっぱいに引いた。

フルオートで銃弾がばらまかれた。

Wz63は、トリガーをいっぱいに引くとフルオートに、半分だけ引くとセミオートになる。

佐竹は、四方を撃ちまくった。あっという間にマガジンが空になった。

予備のマガジンに替えようとしているところに、声が響いてきた。ドイツ訛《なま》りの英語だった。

「動くな」

佐竹は、マガジンをグリップの下から叩き込んで、声の方向に構えた。

「銃を捨てるんだ」

城の奥の薄暗がりから、ひとりの男が姿を現した。

背は高くない。

茶色の眼と砂色の髪を持っていた。何よりも鷲鼻《わしばな》が特徴だった。

その男は、お手上げだとばかりに佐竹竜を見て肩をすぼめた。

鷲鼻の男の名はデービッド・ワイズマン。ひと目でわかるユダヤ系で、国籍はアメリカ。

彼は、佐竹竜の仲間のひとりだった。

敵は、ワイズマンの背後にいた。

ワイズマンにウージー・サブマシンガンを突き付けている。

佐竹は、ワイズマンのうしろにいる男を睨みつけていたが、やがて言われるとおりに、Wz63を捨てた。

「壁に両手をついて並べ」

敵は佐竹とワイズマンに命令した。

ふたりは従うしかなかった。

佐竹は、腰のベルトに差してあった自動拳銃を取り上げられ、さらに、右足のすねに、アスレチックテープで貼りつけてあったバックマスター・ナイフをはぎ取られてしまった。

となりのワイズマンも同様に、武装解除される。

敵の手際はよく、ひとときたりとも、ウージーの銃口を、佐竹たちからそらそうとしなかった。

「歩け」

敵は言った。「手を頭のうしろで組んで、ゆっくりと城のなかへ進むんだ」

佐竹とワイズマンは、顔を見合わせ、言われるとおりにした。

そのとき、崩れた城壁の陰から、サブマシンガンが連射された。

佐竹とワイズマンは、思わず地面に体を投げ出した。

敵は、撃ち返した。

とたんに、城のあちらこちらから、銃声が起こった。

城壁の陰からの連射がにわかに止んだ。

マガジンが空になったのだと佐竹は思った。

とたんに、人影がひとつ、城壁の陰に走った。

そこから再び銃声が響くことはなかった。

野戦服を着た東洋人の若い女性が、両手を差し上げて、姿を現した。

そのうしろには、M16自動小銃を油断なく構えた屈強な男が立っていた。

美しい女性だった。長い黒髪をうしろで束ねている。色が白く、黒目がちで切れ長の目をしている。唇はバラのつぼみのようだった。

彼女の名は、マーガレット・リー。中国名は李文華《リー・ウェンファ》——香港《ホンコン》の女性だった。

マーガレットも、佐竹の仲間だった。

佐竹の望みはこれで絶たれた。

彼のチームは三人なのだった。

「さあ、立て」

ウージーを持った敵が言った。

佐竹とワイズマンは、互いに自分の国の言葉で小さく悪態をつきながら、のろのろと立ち上がった。

三人は、横一列に並べられた。

城の奥から、野戦服を見事に着こなした、四十歳前後の白人が歩み出てきた。

人形のように青い眼をしていた。

背が高く、鍛え上げられた体格をしている。職業軍人の体つきだった。

髪は銀色で、優雅なウェーブがかかっていた。

彼の頬には、世のなかのすべてをあざわらうかのような、ほほえみが刻まれている。

彼は、おもむろに口を開いた。

「君たちは、作戦に失敗した」

佐竹たち三人は何も言わなかった。

野戦服のたくましい男が続けて言った。

「サタケ。君は、恐怖に負け、サブマシンガンのマガジンをあっという間に空にしてしまった。それも、まったく無駄な弾の使いかたをした。ワイズマン。君は、斥候《せっこう》の役割を忘れて深入りし過ぎた。そのために、敵につかまり、仲間が危機に陥ることになった。そして、ミス・リー。君の任務は、あくまで、城内に侵入して、人質を救出することだったはずだ。なのに、君は、仲間の危機を見るや、状況をよく把握しないで発砲した」

彼は最後に付け加えた。「評価Cだぞ」

「しかし、ミスタ・ホワイト」

佐竹竜がなめらかな英語で訴えるように言った。「僕たちは軍隊経験などまるでないんです。最初からうまくやれと言われても……」

ミスタ・ホワイトは、鋭く佐竹を睨んだ。

「基礎訓練はすでに終了している。あとは、君たちのやる気次第だ。君たちは、もう後もどりはできないんだよ。それに、君の訴えには誤りがある。軍隊経験がないのは、サタケ、君だけだ。ミス・リーは、香港で英国情報部の仕事をしていたし、ワイズマンは、アメリカ陸軍特殊部隊の経歴を持っている」

「落ちこぼれでしたがね……」

ワイズマンは、つぶやくように言った。

ミスタ・ホワイトはそれを無視した。

「とにかく、これからは、できる限り短期間に多くの実戦に近い訓練を積んでもらう。少しでも評価を上げてくれないと、君たちを担当している私の面目が立たん。他の六チームは着実に訓練をものにしているんだ。これからは、手綱《たづな》を引き締めるから、そのつもりでいたまえ。以上だ。解散」

佐竹は何か言おうとしていたが、ワイズマンに肩を叩かれ、宿舎に向かった。

彼は小声でワイズマンに言った。

「三カ月まえまで、僕は日本の商社マンだったんだぜ」

ワイズマンは何も言わず、肩をすぼめただけだった。

2

学生時代の佐竹竜《さたけりゅう》は、おとなしく目立たない男だった。

彼は、青森県三厩村《みんまや》の出身だった。青森駅から、津軽《つがる》半島を北へ上るＪＲ津軽線の終点が三厩駅だ。

ここから、津軽半島の北の果て、竜飛《たっぴ》行きのバスが出ている。

バスは海ぞいの国道三三九号線を走り、竜飛港のわきの広場に停まる。

国道三三九号線は、竜飛崎をぐるりとめぐり、小泊《こどまり》を経て、五所川原《ごしょがわら》まで伸びている。

佐竹竜の名は、竜飛から取ったのだった。

彼は、三厩村の小学校と中学校を卒業し、青森市内の高校へ入学した。

高校の三年間、電車通学を続けた。

彼は、東京の私立大学に合格して上京した。

彼の両親は公務員で、決して貧しい家庭ではなかった。

父親は村役場で、観光ＰＲなども担当するなかなか現代的なセンスの持ち主だった。

佐竹竜は、あらゆる意味で父の影響を受けていた。

佐竹竜の父、辰範《たつのり》は、スマートな見かけと物腰の柔らかさからは想像もできない武人だった。

佐竹辰範は、体の奥底に荒々しい武術家の血を持っていた。

佐竹家には、代々、古武術が伝わっており、辰範はそれを確実に守り伝えていた。そして、その武術は、竜にも受け継がれたのだった。

竜が辰範から受け継いだのは、技《わざ》だけではなかった。彼は、青竹のような武術家の魂を幼い頃から教え込まれていたのだった。


東京の大学では、これまで体験したことのない障害が、佐竹竜を待ち受けていた。

津軽のお国訛《くになま》りだった。

他人に笑われたわけでもなければ、はっきりと指摘されたわけでもなかった。

しかし、佐竹竜は、東京の連中のスマートな会話にとけこむことはできなかった。

彼は、密《ひそ》かに劣等感をつのらせていった。

佐竹竜は、その劣等感ゆえに、外国語に熱中するようになった。津軽の訛りが抜けないのなら、誰よりも見事な外国語を話してやろう——彼はそう考えたのだった。

サークルは、ＥＳＳに入部した。

神田の洋書専門店に出かけては、本を買い込み、あらゆる小説を原書で読みあさった。

夜は、外国語専門学校に通って、フランス語を学んだ。

彼は、武道で鍛えたすばらしい集中力とねばりを発揮した。

大学二年のときに、彼は交換留学の試験にパスし、一年間を、アメリカ、コロラド州のデンバーで過ごした。そのころには、すでに彼はまったく不自由を感じずに英語で話すことができるようになっていた。

翌年は、またフランスへ留学し、半年をパリで暮らした。彼はフランス語をも、ものにしたのだった。

彼の学生生活は、語学に塗りつぶされていたと言っていい。

スポーツや遊びとは、まったく無縁の学生に見えた。

しかし、彼は人知れず、父から伝えられた武術の鍛練を怠らなかった。

その武術は、きわめて実戦的な拳法だった。

主な技は、突きと蹴りだった。

突き技、蹴り技が最も洗練されているのは空手だと言われている。

佐竹竜が身につけた拳法は、空手との共通点はあまり見られなかった。

突きは、空手のようにひねりを加えず、拳を縦にしたまま突き出す。

手刀や貫《ぬ》き手などの技法は、まったくなかった。また、空手のように拳を鍛えることをしなかった。だから、この拳法技を身につけていることを、他人に悟られる心配はなかった。

蹴りには、踵《かかと》をよく使った。

空手のように、上足底や、足刀を使うことはなかった。

その武術を身につけているのは、足の甲を使った回し蹴りくらいのものだった。

そのため、佐竹竜は、無口だが、決して、気弱な人間とは思われていなかった。

留学のため、人より卒業が二年遅れたが、そんなことは、彼にとってもはやハンディキャップにはならなかった。

彼は、大手商社に就職が決まった。

そして、入社すると、めきめきとエリートの頭角を現していったのだった。

総合商社の勤務時間などないに等しい。二十四時間、いつ何が起こるかわからない。

佐竹竜は、一瞬にして全身の力を抜き、リラックスする術を心得ていた。それも、佐竹家に伝わる拳法から学んだ技のひとつだ。

そのため、彼はストレスをうまくコントロールすることができた。

激務のため、同僚たちが心身症《しんしんしょう》や内臓疾患で次々と戦列を離れていくなか、佐竹竜は淡々としかも、きわめて能率よく仕事を進めていった。

テレックスの紙片をかかえて、廊下を小走りに進んでいた佐竹は、課長に呼び止められた。

「昼食の時間は取れるかね」

佐竹は、素早く頭のなかでスケジュールを調整した。

「二時からなら一時間ほど空けられます」

「わかった。キャピタル東急《とうきゅう》の中華料理店に個室を取っておく。たまにはいっしょに、食事をしよう」

時計を見ると、午前十一時だった。

「わかりました。では、後ほど」

課長と別れてから、妙に気になり始めた。

昼食を誘われたのはこれが初めてのことだった。

単に世間話をするために、わざわざ、個室を取って部下と食事をする人間などいるはずがない。

佐竹は、仕事に集中しようとした。

眼はテレックスの文字と数字の列を追った。

しかし、どこかで課長の態度がひっかかっていた。

約束の時間、五分まえに、佐竹は指定された中華料理店を訪れた。

ボーイが丁寧に案内をしてくれた。

課長はすでに席について、ジャスミン茶をすすっていた。

「さあ、かけたまえ」

課長はにこやかに言った。「料理は適当にたのんだ。かまわんね」

「はい」

佐竹竜は、慎重に腰を降ろした。

料理が出てくるまで、課長は、取るに足らない社内の噂話や、社員たちの冠婚葬祭の話題で場をつないだ。

佐竹は、ほとんど、あいづちを打つだけだった。

冷たい前菜の盛り合わせが出てきたところで、課長は言った。

「君は、入社して何年目だっけね」

「丸三年……。今年で四年目になります」

「君の働きぶりは評判でね。私も鼻が高いよ」

「いえ、そんな……。まだ、仕事を覚え始めたばかりですから……」

「そうだな」

課長は、すりおろしたピーナツであえたあわびを頬張った。「この業界は奥が深い。物価や為替レートなどではなく、人と人との信用や義理、人情が大きくものを言う世界でもある。君にも、これからはそういうことをうんと勉強して、いい仕事をしてもらわねばならん」

「はい……」

佐竹は、何も質問しようとせず、箸《はし》を口に運んだ。

前菜を片付けると、鴨《かも》、芝エビのチリソース、白身魚のあんかけ、青菜のクリーム煮などの皿が次々と運ばれてきた。

「君は、社内にあまり友人を作らんようだね」

「は……」

「まあ、こういう仕事だ。社内で親しい人間はできにくい。みんながライバルといっても過言じゃない。だがね、戦友は必要なんだよ」

「社内で親しい人間ですか……。考えたこともありませんでした」

「仕事以外のときは、同僚ともあまり話をせんと聞いているが……」

「はあ……。昔から口が重たいほうなので……」

「お国訛りのせいかね」

佐竹は否定も肯定もしなかった。

「今どき、誰もそんなことは気にはせんよ」

「それはよくわかっているのですが……」

課長は、一瞬、箸を止めた。佐竹を一瞥《いちべつ》する。その眼には、管理職特有の狡猾《こうかつ》そうな光があった。

佐竹はうつむき加減で眼をそらしていたので、その表情には気づかなかった。

「ところで、女性関係のほうはどうなんだね」

「は……?」

「付き合っている女性はいないのかね」

「いません」

「今どきの若い者にしては珍しいな」

「そうでしょうか……」

「学生のときはどうだったんだ」

佐竹は、そう尋ねられて、ふと気分が重くなった。

彼は、ドライブやテニスツアー、海水浴などに楽しげに出かける学友たちを、いつも羨《せん》望《ぼう》の眼で見ながら、ひたすら語学の勉強をしていたような気がしていた。

クラブのコンパにも、ごく儀礼的に出席するだけだった。二次会へ行くことなどまったくなかった。

女の子を誘って飲みに行ったこともなかった。

大学は遊びを覚えるところ、といった風潮がある。佐竹竜は、そういった考えかたに反発を覚えていた。

彼は、遊びを犠牲にして、今の語学力を手に入れたと言ってよかった。両方をうまくこなすほど器用な男だと、自分では思っていなかったのだ。

学生のころは、それでいいと思っていた。

しかし、社会に出てみると、器用な人間がいろいろと得をしている場合を見せつけられることになる。

佐竹は、学生時代に遊ばなかったこと、遊びを知らないことに、密かに劣等感を抱いていたのだ。

彼は、課長の問いに答えた。

「いえ……。学生のときも付き合った女性はいませんでした」

「まじめなのはいいが、君ほどの堅物《かたぶつ》も最近は珍しいな。どうだ、社内で気になる女性はいないのかね」

「特には……」

課長は、わずかに身を乗り出した。

「永瀬《ながせ》みどりくんはどうだね」

「永瀬みどり……」

佐竹は意外そうな顔をした。

「そう。非鉄金属部で庶務のデスクをやってる……。なかなかしっかりした娘《こ》だ」

永瀬みどりは、職場の花だった。もちろん、佐竹は彼女のことを知っている。しかし、ほとんど会話らしい会話を交わしたことがなかった。

「彼女がどうかしましたか」

「噂を聞いている。彼女は君に気があるらしい」

佐竹は、驚き、そしてうれしく思った。

課長は言った。

「私は、てっきり君たちの間に、具体的な関係があるのかと思っていた」

「具体的な関係？」

「つまり、交際を申し込むとか、よくデートをするとか……」

「いえ、ほとんど話をしたこともありません。彼女など高嶺《たかね》の花だと思っていましたから」

「本当に彼女とは何でもないんだね」

「はい」

「永瀬みどりのほかに付き合っている女性がいるわけでもないんだね」

「はい」

「それを聞いて話が切り出しやすくなった。いやね、いちばん気を使うのは、やはり女性関係でね。特に、結婚をひかえていたりすると、会社のほうも決断が鈍りがちになる」

「何のお話でしょう」

「君にニューヨークへ行ってもらいたい。しばらくむこうで働いてもらうことになるだろう」


ニューヨーク行きには何の問題もなかった。

商社に勤務しているのだから、海外転勤も当たりまえのことだ。

佐竹は、むしろ、永瀬みどりのことが気になっていた。

彼女が自分に好意を寄せているなどということは想像したこともなかった。

（課長は僕をからかっただけなのだ）

佐竹はそう思い込もうとしていた。（でなければ、僕をテストするために、人気のある女性の名前を使ったに過ぎないのだ）

佐竹は、自分が女性にもてない男だと考えていた。

しかし、課長が言ったことが――永瀬みどりが自分に好意を寄せているという噂があるというのが本当なら、ひとつ確かめてみるべきだとも思った。

こと女性に関しては、ひどく引っ込み思案の佐竹だったが、もうじきニューヨークへ行ってしまうという思いも手伝って、大胆になっていた。

彼は迷ったすえに、その日のうちに、永瀬みどりに声をかけてみようと決心した。

佐竹は、非鉄金属部の、彼女のデスクの内線番号を調べ、五時三十分の退社時刻間際に電話をした。

相手が永瀬みどりであることを確かめ、佐竹は名乗った。

彼女が一瞬、言葉を呑み込むのがわかった。

佐竹はつとめて冷静な声を保った。

「お話ししたいことがあります。何とかお時間をいただけないでしょうか」

「いつがいいんでしょう」

「もしよろしければ、今日、帰りにお茶でもいかがでしょう」

「わかりました」

佐竹は、自社ビルの一階にある喫茶店を指定した。

永瀬みどりは、驚いたように言った。

「そこでは、ちょっと……」

佐竹は、そう言われて初めて、社内の〝眼〟のことに気づいた。

彼は自分の無神経さに、気恥ずかしさを覚えた。しどろもどろになって、待ち合わせ場所を変更すると、わずかに津軽なまりが出た。

電話を切ると、汗をかいているのに気づいた。

佐竹竜は、そっと周囲を見回した。

佐竹に注意を向けている者はひとりもいなかった。しかし、彼は、今の会話の一部始終を皆が聞いており、自分がいなくなってから大笑いを始める図を想像していた。

無意味な妄想でしかなかった。

だが、妄想は、抱いている本人にとってみれば、事実と差はない。佐竹は、顔が赤くなるのを避けられず、思わず自分の机を離れ、トイレへ向かった。

十分後、彼は社を抜け出して、通りのすじ向かいの喫茶店へ急いだ。

この店は、会社の最寄りの駅と反対方向にあるので、同僚がやってくることがほとんどなかった。

永瀬みどりはすでに来ていた。

「どうも、突然呼び出したりしてすみません」

「いえ……。もう、お仕事は、終わりですか」

彼女はうつむき加減で言った。

「いや。また社にもどらなくてはなりません」

「お話というのは何でしょう」

佐竹は困った。

呼び出したはいいが、どんな話をすればいいかまったく考えていなかったのだ。こういうことには、まったく不慣れなのだった。

「一度、こうしてお話ししてみたかったのです」

「まあ」

永瀬みどりは、おどけるように言った。「光栄ですわ」

彼女はほほえんだ。その笑みが、単なる儀礼的なものなのか、それとも意味のあるものなのか、佐竹には判断しかねた。

佐竹に、世間話をする余裕はなかった。

「あの、今、お付き合いされている男性はおいでですか」

永瀬みどりは黒目がちの眼を丸くした。

「ずいぶんストレートに訊《き》くんですね。最近では、そういう人、珍しいわ」

白い頰が赤く染まっていく。彼女は笑い出した。

「そうですか……」

「付き合っている人はいませんわ」

佐竹は水を一口飲んだ。

「できればこれからも、こうしてお話しをする機会を持ちたいのですが」

「そうですね……。でも、あなたは、私のことを何も知らないでしょう。つまらない女かもしれませんよ」

「そんな……。そんなことはないと思います。お互いによく知り合うためにも……」

永瀬みどりは再びほほえんだ。

「本当にストレートなかたね。それで、今度はいつお会いします？」

佐竹にも、それが交際を承諾する返事であることはわかった。

「また、あらためて電話します」

「社内電話じゃ、ちょっと困りますわ」

「あ……」

佐竹はあわてて手帳を取り出した。「すいません。よろしければ自宅の電話番号を教えてください」

永瀬みどりは、落ち着いたしぐさで、渡された手帳に電話番号を書き込んだ。

佐竹は礼を言い、伝票を持って立ち上がった。

ふたりはいっしょに店を出た。

永瀬みどりは、地下鉄の駅に向かった。

佐竹竜はそのうしろ姿を見送り、これまで感じたことのない種類の幸福感に満たされていた。

3

佐竹竜《さたけりゅう》と永瀬《ながせ》みどりは、週に二度は会い、急速に親しくなっていった。

佐竹は、彼女の顔を眺めていて厭《あ》きることはなかった。「美人は三日見ると厭きる」とよく言われるが、それは嘘だと彼は思った。造作のよくない女性にも、それなりの魅力があるといったほどの含みがあるのだろう。

実際には、美しい女性の顔というのは、見るたびに男を幸福な気分にさせるのだ——彼は永瀬みどりと付き合いを始めてそう信じるようになっていた。

彼は、ますます永瀬みどりを愛していった。

しかし、彼は、付き合い始めて一カ月たっても、肉体関係を結ぼうとはしなかった。とにかく、初めて女性と付き合うのだ。

そこまで考えが及ばないのだった。いずれ、そういう機会は訪れるだろうとしか考えていなかった。

永瀬みどりは、むしろ彼のそういった態度を歓迎していた。

しかし、ふたりには幸福な時間があまり多くは残されていなかった。

佐竹竜に、正式にニューヨーク勤務の辞令が下ったのは、ふたりが付き合い始めて、ちょうど二カ月ほど経ったころだった。

「ニューヨークへ異動……?」

永瀬みどりは複雑な表情で佐竹を見つめた。

ふたりは西麻布《にしあざぶ》にあるしゃれたベトナム料理の店で食事をしていた。

「そう」

佐竹はうれしそうにうなずいた。「まえまえから、課長に打診されてはいたんだ。きょう辞令をもらった」

「それで、いつ行くの……」

「早ければ早いほどいいということだった。少なくとも一週間以内には立ちたい。僕のような独身者を選んだということは、すぐにでも動いてほしいということだろうからな」

「よかったわね」

永瀬みどりの口調は、妙にそっけなかった。

佐竹はまったく気にせずに言った。

「行けばいつ帰ってこられるかわからない」

「そうでしょうね」

「それで相談しなくちゃと思ってね」

「何を？」

「君のことさ」

「私のこと……？　なぜ？」

「なぜって……。このままだと、僕たちは離ればなれになってしまう」

「仕方がないでしょう。会社の命令なんだから。それに、ニューヨーク支店へ行くのは、一種の栄転よ」

「だから、相談しようと思ってるんじゃないか」

「何を？」

佐竹は、初めて、話がまったくかみ合っていないのに気がついた。

彼女は一貫して冷静だった。

佐竹は妙に落ち着かなくなってきた。

「もしよければ、君もニューヨークへ来てくれないか」

「私が……」

「いや、すぐにということじゃないんだ。いろいろ準備もあるだろうし……。だから、僕が立つまえに、婚約だけはしておいて……」

「ちょっと待ってよ」

彼女は笑った。「勝手に先走らないで。どうして私がニューヨークへ行かなくちゃいけないのよ」

「どうしてって、つまり……」

「婚約ですって……？　言っておきますけどね、私はまだ、誰とも結婚する気はないのよ」

「しかし……」

永瀬みどりは、そのあとに続く佐竹の言葉を待った。

しかし、佐竹は何をどう言っていいかわからず、それきり口をつぐんでしまった。

永瀬みどりは言った。

「勘違いしないでほしいの。私は、確かにあなたに興味があったわ。興味がある、なんて失礼な言いかたかもしれないけど、それが一番正確な表現なの。それは今でも変わらないわ。あなたは、たぶん自分で思っているよりも、ずっと魅力的な人よ。でもね、結婚というのは、私にとっては別問題なの」

「少なくとも、僕はそのつもりだった」

「男女の付き合いが、すぐ結婚に結びつくという考えかた、改めたほうがいいわよ」

「悪かったな。津軽《つがる》のいなかじゃ、たいていそうなもんでね。どうも都会的な考えってやつにはついていけない」

「またそういう言いかたをする」

みどりは溜め息をついた。「誰もそんなことは言ってないでしょう。都会もいなかも関係ないわ。それにあなたは、わが社のホープなのよ。いつまでも妙なコンプレックスを引きずっていてほしくないわね」

「じゃあ、僕たちはどうなるんだ」

「なるようにしかならないでしょう。ただ言えるのは、遠く離れてしまえば、それだけ縁は薄くなるということね」

「もう一度言う。ニューヨークへ来てくれないか」

「それは無理よ。私がニューヨークへ行くということは、今の会社を辞めるということだわ。私はあなたと結婚するつもりもないし、会社を辞めるつもりもないの」

佐竹は、考えかたのギャップにとまどっていた。

彼は、古いタイプの人間に属していた。その価値観を疑ったことはなかった。

都会の人間というのは、何と居心地の悪い考えかたをするのだろう、と彼は思った。

ひとりよりふたりのほうが安定しているに決まっている。そして、そのふたりの間に子供ができていくにしたがい、より安定は強固なものになっていき、それは「家庭」と呼ばれるようになる。

佐竹にとって家庭こそが、安らぎの象徴だった。彼は単純にそう考えていた。

だが、永瀬みどりにとっては、家庭や家族というのは、窮屈なものなのかもしれなかった。

（じゃあ、ひとりで生きていこうという都会の人間たちは、いったいどこに基盤を置き、どこで安らぎを感じるのだろう）

佐竹は思った。

東京へ出てきて八年目になるが、佐竹にはそういったことがまったく理解できなかった。

「むこうへついたら、手紙を書くよ。電話もする」

佐竹は、そう言うのがやっとだった。

彼はひどく傷つき、なぜかとても恥ずかしかった。

「待ってるわ」

そう言った永瀬みどりの声が、ひどく遠くに聞こえた。

それきり、ふたりが会うことはなかった。


失恋と呼ぶにはあまりにささやかな出来事だったかもしれない。

しかし、佐竹竜にとっては、手ひどい打撃だった。

永瀬みどりという美しい女性を失ったことは口惜しく、心を寄せる相手がいなくなったというのはひどく淋しく、そして、一人前の恋人気どりでいたことを思うととてつもなく恥ずかしかった。

人によっては、これは失恋などではないと言うだろうが、何しろ、佐竹には恋に対する免疫がなかった。

彼は、心の傷を抱いたままニューヨークへ渡った。

アンカレッジ経由の便だったので、入国手続はすでにアンカレッジで済ましてあった。ケネディ空港には、ニューヨーク支店の人間が迎えに来ているはずだった。

スーツケースをひとつ右手にぶら下げ、ぼんやりと空港ロビーに立っていると、佐竹竜は、青森の三厩《みんまや》村から初めて東京へ出てきたときの気分を思い出していた。

片手に写真を持った日本人が近づいてきた。眼鏡をかけた調子のよさそうな男だった。

彼は、佐竹に声をかけ名前を確認した。

「ニューヨーク支店の石橋《いしばし》です」

彼はにっこりと笑って手を差し出した。

佐竹は、自然にその手を握り返すことができた。

石橋は愛想よく言った。

「まずは住宅へ案内しましょう。ここからだと、ちょうど会社へ行く途中になりますんで」

石橋は赤いニッサン・パルサーの輸出仕様車に乗っていた。

後部ドアを開け、佐竹のスーツケースを放り込むと、運転席にすわった。

佐竹は、あわてて、助手席にすべり込んだ。

「あ……」

石橋は気づいたように言った。「スーツケースのなかにこわれ物はなかったでしょうな」

「……だいじょうぶです」

「けっこう。では行きましょう」

石橋の運転は、雑だった。乱暴というのではないが、どこかなめらかさに欠けている。

「免許はいつ取られたのですか」

思わず佐竹は訊《き》いてしまった。

「どうしてです」

「いえ……」

「取って二年になります。こっちで取ったんですがね」

「なるほど……」

石橋のパルサーは、クイーンズ地区内をまっすぐ北へ向かって五キロほど走り、すぐ右へ折れた。

そこは、住宅街だった。

石橋が説明した。

「このクイーンズという区の大半はね、こうした中流サラリーマンの住宅地なんですよ。ここに住むサラリーマンは、マンハッタンまで通勤するわけです。中流のサラリーマンが郊外に家を持って都心に通勤するというのは、東京とあまり変わりませんなあ……」

車が停まった。

こぢんまりとした一戸建て住宅のまえだった。実にささやかではあるが、いちおう芝生をしきつめた庭があった。

「さ、ここです」

石橋は言ってドアを開けた。

「驚いたな」

車からスーツケースを引き出すと佐竹は言った。「てっきり、アパートの一室をあてがわれるものと思っていましたよ。ニューヨークの住宅事情は、東京並みだと聞いているし……」

「会社の力ですよ」

石橋は言った。「これは会社の持ち家です。つい先日まで家族連れが住んでいましたがね。今回の異動で日本へもどったんです。たまたまここが空いていたんですよ。あんたは運がいい」

一階は広いリビングと台所、それにバスルームがあった。

二階には三つの部屋があった。

「廊下のつきあたりの部屋に、ベッドがあります。いちおう、家具はそろっていますが、足りないものは、自分で買い足してもらうことになりますなあ。あ、それから、リビングにあるテレビやステレオセットは、会社の備品ですから、大切に使ってくださいね」

「石橋さんはどちらにお住まいなのですか」

「私？　ああ、私の家はこの向かいです。会社の住宅ですよ。他の国の人は、会社が住宅まで世話することを不思議がるが、これが日本の企業のいいところじゃないですか。そう思いませんか」

「……はあ……」

「荷物を置いたら、会社のほうへ出かけましょう」

「あ、はい」

「あなた、海外の経験は？」

「学生のときデンバーに一年、パリに半年……」

石橋はにやりと笑った。

「きょう一日は長いですよ。何せ、同じ日が二日も続くことになるんですからね」

彼は出口に向かった。「まあ、ジェット・ラグもいい経験です」

マンハッタンの高層ビル群は、東京で暮らしていた佐竹の眼をも驚かせた。

だが、佐竹がそれ以上に驚いたのは、街を歩く人々だった。

(ここでは、人種も、職業も、季節も、時間も、何も関係ないんだ)

佐竹は思った。

ジョギングスタイルの青年の隣に、コートを着た婦人が立って信号待ちをしている。日本ではすでに見られなくなった長髪にすり切れたジーンズの男が歩き、ビジネススーツの男とすれ違う。

スーツ姿にジョギングシューズという女性も珍しくはない。

背の高い人、低い人、髪の長い人、短い人、肌の黒い人、白い人——ありとあらゆる姿の人間が、自由に歩き回っている。

この街では、誰がどんな恰好で、何をしていてもいいんだ——佐竹は、マンハッタンが強くそう語りかけているように感じた。

ただ人が多いだけではない。得体《えたい》の知れない活気があった。

佐竹は、ただただ圧倒された。

そして、ある予感を抱いた。

(この街で暮らすことが、この僕を大きく変えることになるかもしれない)

石橋のパルサーは、ウィリアムズバーグ橋を渡ってマンハッタンに入ると、パーク・アベニューをまっすぐ南下した。

「さあ、着いたよ」

そこは、パーク・アベニューと、二十六番ストリートが交差するあたりだった。

新しい十階建てのビルが通りに面して建っており、石橋は、不器用に車の列から抜け出して、そのビルの地下へ入って行った。

地下は駐車場になっていた。

「このビルの三階、四階、五階、六階の四フロアが、わがニューヨーク支店だよ」

エレベーターに乗り、ふたりは、六階の支店長のオフィスへ向かった。

支店長は赤ら顔の精力的なタイプだった。背が低くずんぐりとした体形だが、いかにも押しが強そうだった。

「よく来てくれた」

支店長は立ち上がり、握手を求めた。

このときも佐竹は、その新しい習慣をすんなりと受け止めた。

「明日からは、ばりばりと働いてもらう。きょうは、一日、石橋くんにいろいろと案内してもらうといい」

「はい」

「では……」

石橋は言った。「さっそく、君が配属になる部署へ行ってみようじゃないか」

佐竹の机は、三階に用意されていた。

彼は周囲の同僚に丁寧に挨拶をした。

そのあと、石橋は社内をひととおり案内して歩いた。

現地採用の女子社員が、あからさまに興味深げな眼つきで、ほほえみかけてきた。

日本にいたころの佐竹ならどうしていいかわからずどぎまぎしたことだろう。しかし、彼は、実にスマートに微笑を返すことができた。

（ニューヨークの魔力が、早くも僕を変え始めているらしい）

彼はそう自覚していた。

その日一日、石橋は佐竹につきっきりで案内をした。

ニューヨーク支店には、総務部がなく、支店長室というのがその代わりをしていると石橋は説明した。

石橋はその室長だということだった。

本社で言えば、総務部長兼秘書室長といった役職だ。

佐竹は、それを聞いたとたん、すっかり恐縮してしまった。

石橋は笑った。

「肩書きなんぞ気にしちゃいけません。商社は実力主義です。特にこのニューヨークではそうです。とまどうこともあるでしょうが、じきに慣れます」

彼は、クイーンズまでもどり、佐竹の新居のまえで車を停めた。

「こっちにもどれば、近所どうしだ。何でも困ったことがあったら言ってください」

「あの、さっそくですが……」

「何でしょう」

「引っ越してきたら、向こう三軒両隣に挨拶がてらとどけものをするものでしょう。こちらではどうすればいいのですか」

「ほう。君も今どきの若い者にしては珍しく古風なんだね」

「そうでしょうか……。いなかの暮らしが長かったもので……」

「こっちでは、偶然顔を合わしたときに挨拶するのが普通だが、君は君のやりかたでやればいい。日本式が正しいことだと思ったら、それで押し通すことだ。強いて言えば、それがニューヨーク流の生きかただ」

「わかりました」

ふたりは別れの挨拶をし、佐竹竜はパルサーから降りた。

パルサーが向かいの家のガレージに収まるのを見とどけて、佐竹竜は住まいのドアの鍵を開けた。大小三つも鍵がついている。

広いリビングのソファに腰を降ろして、あらためて部屋のなかを見回した。あまりに広すぎる、と思った。これまで彼が暮らしていたのは六畳一間のアパートだった。何もかもが一日で変わってしまった。

ひとりになって、ふと彼は永瀬みどりのことを思い出した。結局、ふたりの間には何も起こらなかった。しかし、自分は本当に彼女が好きだったのだと彼は思った。

彼女と付き合うには、自分はあまりに、知らな過ぎたのだ。男女のことも、世のなかのことも――。

今までできなかったことを、この街で取りもどしてやろうじゃないか。ニューヨークでならそれができる――彼はそんな気がしていた。

通勤経路は石橋が教えてくれた。時間的には地下鉄が便利だということだった。クイーンズからレキシントン・アベニュー駅まで行き、そこで六番線に乗り換える。そして、二十八番ストリート・パーク・アベニュー・サウス駅で降りるのだ。ただ、クイーンズからの路線は、物騒だから注意するようにと言われた。

一週間はあっという間に経った。

両親に手紙を書く余裕ができたのは、二週間めに入ってからだった。

マンハッタンの人々は、佐竹竜をますます魅了していった。

どういう生きかたをしても許される街——それは、佐竹が東京でもパリでも感じたことのない種類の自由さだった。

彼は仕事をつつがなくこなしていった。仕事の上では、何の悩みもなかった。東京であろうがニューヨークであろうが、商社の仕事は変わらない。

しかし、彼は、マンハッタンの雰囲気に刺激されて生じた小さな疑問が、しだいに大きくなっていくのを感じていた。

(自分は、何をするために生まれてきたのか。これまで本当にやりたいことをやってきたのだろうか)

最初、それは若いときに誰でも感じる類のささやかな疑問でしかなかった。

しかし、日が経つうちに、そのもやもやとした思いは無視できないほど大きく強いものになっていった。

グリニッチ・ビレッジやワシントン広場、ソーホーなどに集まっている芸術家の卵たちを見るにつけ、佐竹のそうした思いはつのった。

それは明らかにカルチャー・ショックだった。

青森から東京へ出てきたときも、確かにカルチャー・ショックのようなものを感じた。

しかし、それは今思えば本質的なものではなかった。

都会に融け込むための演技を強いていたに過ぎなかったのだ。

しかし、ニューヨークが彼に与えたカルチャー・ショックは本物だった。

彼は、根底から揺り動かされたのだった。

くすぶるような思いを抱きながら、彼は日常の仕事を続けた。

いつしか、彼の家のリビングルームは、すべての家具が壁際に押しやられ、小さな運動場になっていた。

そこで、彼は、いらいらを吐き出すように、汗を流した。筋力運動と、佐竹家に伝わる拳法技《わざ》の練習を、毎日、疲れ果てるまで続けるのだった。

ニューヨークへ来て一カ月が過ぎたころ、彼は、ふとイーストサイドで、ある看板を発見して、胸が高鳴るのを感じた。

これまで、無意識に求めていたものが目のまえに現れた気分だった。

それは、ニューヨークにいくつもある空手道場のひとつだった。

佐竹は、商談を終え、帰社する途中だったが、たまらずに、その道場のドアをくぐっていた。

4

入口の脇に受付のカウンターがあった。

三十歳くらいの女性がすわっていたが、佐竹《さたけ》が入って行っても何も言わない。

佐竹が声をかけると、ようやくものうげに眼を上げた。

「見学したいのですが、かまいませんか」

受付の女性はにこりともせずに「シュア」とだけ言った。

稽古場のドアを開けると、すさまじい汗のにおいがした。

床は赤と緑のペンキで着色されていた。

八メートル四方のコートが赤く塗られ、その周囲が緑だった。

佐竹は、こんな派手な道場に出会ったのは初めてだった。少なくとも、日本の武道の道場に、こんな着色はしない。

道衣も日本人がイメージする空手衣とは、趣《おもむき》が違った。

袖が極端に短く、背に道場名と思われる英文字が大きくプリントされている。

肩のところには、ブレザーの胸につけるような凝《こ》ったエンブレムが縫い付けられていた。

佐竹は、そっと稽古場に入り、正座して様子を見つめていた。

道場生は、すべて白人だった。指導者が白人のせいだろうと佐竹は思った。

黒帯が三人、茶帯が五人、緑帯が六人いる。あとの四人が白帯だった。

突きの練習をしているが、古典的な日本の空手の突きではない。

膝を少し曲げてためを作り、左足を前に出し、半身で構えている。

左手を顔面のまえに、右手を胸のまえに置き、そこから、素早いワンツーを繰り出すのだ。

指導者や黒帯は言うにおよばず、白帯の連中のパンチもなかなか鋭いと佐竹は思った。

何よりも、殴り慣れているという印象を受けた。

ボクシング経験者が多いのではないかと、佐竹は考えた。

パンチのあとは蹴りの練習だった。

蹴りに切れのよさはない。しかし、回し蹴りのパワーには要注意だと思った。

さらに、古典的な日本の道場ではあまり教えない、後ろ回し蹴りやローリングソバットの名で知られている飛び後ろ蹴りなどの多彩な足技を練習でこなしていく。

蹴りの練習が終わると、ふたりひと組で、攻防の練習を始めた。

まずかかり手は、前蹴りをしかける。受け手は、それをさばき、パンチを返す。

佐竹が驚いたのは、そのスピードとステップだった。

蹴りをさばいたと思ったら、一瞬にしてインステップして、ジャブ、フック、そして、クロスアッパーというパンチを繰り出す。

空手の間合いではなかった。だが、きわめて有効な間合いだ。すべてステップとパンチのコンビネーションのせいだった。

彼らは約束ごとの距離で学ぼうとはしない。相手をぶちのめす位置まで近づくことが何より大切なのだと、佐竹は悟った。

アメリカ人たちは、空手を完全に自分たちの体形や習慣に合うように作り変えてしまったのだと佐竹は思った。

彼らにとって流派も型も関係ない。カラテはカラテなのだった。そして、邪道という言葉は彼らにはないのだ。強いカラテ――それが彼らにとって第一なのだ。

稽古を食い入るように見つめながら、佐竹は、かつてないほど血がたぎるのを感じていた。

彼はずっと自分のことをどちらかといえば気弱な人間だと思っていた。

それは、自分自身に対する誤解だったのかもしれないと考え始めていた。

長い間、彼は自分で自分を抑圧していたのだった。

徐々にではあるが、その抑圧をはねのけようとする本来の彼が目覚めつつあった。

稽古の仕上げは、ボクシングのグローブとヘッドギアをつけてのフルコンタクト自由組《く》手《て》だ。

指導者は一度佐竹のほうを見たが、すぐに無視した。

黒帯と茶帯が向かい合う。黒帯はどんどん間合いをつめていく。茶帯が牽制《けんせい》のジャブを出す。

ポイント制ではないので、ジャブなど当たろうがかまわず黒帯はまえに出て行った。

黒帯の右足が一閃《いっせん》した。

大腿部《だいたいぶ》へのローキックだ。なたのように、すねで蹴り降ろす重たいキックだった。

かつて、日本の空手家たちは、この大腿部外側へのローキックの威力をまったく無視していた。

ローキックは主にタイ式ボクシングの技だったのだ。

しかし、最近のフルコンタクト系の試合では、きわめて重視されている。強烈なローキックの一撃で足が動かなくなることさえあるのだ。

フルコンタクトの試合でノックアウトを取る確率の高い技なのだ。

茶帯は、黒帯のローキック一発で、膝をくずした。

顔面が無防備になる。

黒帯は、すかさずそこに左の回し蹴りを決めた。

向かい合ってから三秒とたっていなかった。

そのふたりが退《さ》がると、別の黒帯と茶帯が対峙《たいじ》した。

黒帯は、上半身がすばらしく発達している。

今度は、茶帯が積極的に攻めた。

ワンツーのパンチから、右回し蹴りのコンビネーションへとつなぎ、さらに、着地と同時にジャンプし、後ろ回し蹴りを放った。

黒帯は、草でもはらうように、その連続技を無理矢理はらいのけた。

そして、茶帯の顔面が正面を向いた瞬間、飛び込んで、左フックと右のクロスアッパーを見舞った。

茶帯はダウンを取られた。

これもまた二、三秒で勝負がついた。

真にパワーのある戦いというのは、こうしたものかもしれないと佐竹は思った。

彼は、おそろしさなど感じていなかった。男たちの力強さに、打撃をおそれずに突進していく闘志に引き付けられていた。

そのあと、三組ほど戦ったが、いずれも、一分以上にわたる殴り合いはなかった。

組手の稽古が終わると、指導者は、黒帯のひとりに、ストレッチングの整理体操をまかせて、佐竹に歩み寄った。

ころだろう。

佐竹は正座したままだった。

指導者は、青い眼にブルネットの大きな男だった。百九十センチ、九十キロといったところだろう。

彼は、立ったまま腕組みをし、佐竹を見降ろした。

佐竹は日本式に床に手をついて礼をした。

アメリカ人は、尋ねた。

「入門希望者かね」

「いえ、きょうのところは、ただ見学することだけが目的です」

「よかった」

指導者は言った。「ここは、あなたのようなかたが来るべき道場ではない。どうしても空手をやりたいのなら、もっと北のほうの道場をおさがしなさい」

佐竹は、相手の口調がたいへん丁寧なのではじめは何を言われているのかわからなかった。

彼は、肌の色のことを言っているのだった。

「日本人はここでは稽古できないのですか」

「ほう……。日本人……」

指導者は、皮肉な笑いを浮かべて言った。「もともと空手は日本人が始めたものだ。その日本人が、アメリカ人の私に空手を習おうとでも言うのかね」

「見学に来ただけだと言ったはずです」

「そう。そして、たぶん二度とあなたはここへは来ないでしょう。私たちのパワーとテクニックに恐れをなして逃げ出すのです。確かに空手は日本人が始めたものです。でも、私は確信しています。国際レベルで言えば、もはや空手は日本人のものではなくなった、とね。体格が違うのですよ。リーチも違えば、体重も違う。私たちのほうが骨格も丈夫だし、筋肉も太い。日本人は、今後、どんどん国際試合から姿を消していくでしょう」

「あなたはどこで空手を学んだのですか」

「海兵隊ですよ。そして、去年の全米オープン・トーナメントで準優勝をしました」

「優勝ではなかった……」

指導者は明らかに気分を害したようだった。彼は、佐竹を睨みつけて言った。

「そのとおり。だが優勝したのは日本人ではない。アメリカの黒人だ」

指導者は挑発しているのだった。

佐竹竜《りゅう》は、ひそかに胸を躍らせている自分に気づき驚いた。彼はこれほど好戦的な性格ではないはずだった。

「当然でしょう。アメリカで行なわれたトーナメントなのですから。本当の空手を知っている日本人はたぶんひとりも参加しなかったでしょう」

「本当の空手だって」

指導者は、笑いを浮かべた。「訳のわからない型の優劣を比べたり、実際に殴らずに、当てる振りだけをするのが本物の空手だと言うのか」

「あなたにはわからないでしょうね」

指導者の目が細くなった。

「あなたは、空手をおやりになるのですか」

口調がまた急に丁寧になった。

「ええ。少々……」

正確には空手を習得しているとはいえない。

佐竹家に伝わっているのは、空手とはまったく別系統の拳法なのだ。

しかし、そんな説明はアメリカ人に対しては無用だった。

指導者はうなずき、用心深げに尋ねた。

「そして、あなたがおやりになる空手が、本当の空手であると言いたいわけですか」

「あなたがたのアメリカン・カラテとは、少々異なっていると言えるでしょうね」

「それは、ぜひ拝見したい」

道場生たちは、整理運動の手を止め、佐竹たちのやりとりに注目していた。

明らかな敵意が感じられた。

佐竹は、もう引っ込みがつかないと感じた。

佐竹が何か言うより早く、指導員は、黒帯のひとりに声をかけた。

「ニック」

「イエッサー」

さきほど見事なパンチの連打を見せた、上体の発達した黒帯が歩み出た。

指導者は言った。

「この日本からのお客さんに、稽古をつけていただけ」

「イエッサー」

ニックと呼ばれた男を残して、道場生は、グリーンのエリアまで退がった。

佐竹竜は、上着を脱ぎ、ネクタイを外《はず》した。

ニックは、グローブを再びはめようとしていた。

佐竹は言った。

「グローブはなしで……。ベアナックルでやりましょう」

ニックは驚きの表情で指導者を見た。

指導者は言った。

「お客さんがそうお望みなら、言うとおりにしてさしあげろ」

ニックはグローブを仲間に向かって放った。

佐竹は靴下を脱ごうとして、自分が震えているのに気づいた。にわかに恐怖感がわいてきたのだった。

どんな人間でも戦うまえは恐怖に見舞われる。

未経験のアメリカン・カラテを相手にするのだからなおさらだった。

「もし、あなたが大けがをしても――」

指導者が言った。「そして、たとえ、死んだとしても、あくまで練習中の事故ということになります。いいですね」

佐竹は無言でうなずいた。

声を出すと、震えているのを悟られそうだった。

彼は、ニックの正面に歩み出た。

佐竹の恐怖心は増した。

向かい合うと相手は、実際よりも大きく見える。

佐竹の身長は百七十五センチ、体重は約七十キロだ。

それに対し、相手のニックは、百九十センチで百キロ近くはありそうだった。

ただの殴り合い蹴り合いならば、体重差が圧倒的にものを言う。

佐竹がベアナックルで、と指定したのは、単に見栄《みえ》を張ってのことではなかった。

一般に、グローブは安全のために付けるものと思われている。しかし、実際にはノックアウトは、グローブを付けたほうが増えるのだ。

グローブはある意味で衝撃力を増す働きをする。

経験者なら誰でも言うことだが、素手《すで》の拳で殴られたら、裂傷をともなう傷を負うが脳《のう》震盪《しんとう》は起こりにくい。逆に、グローブをつけたパンチをくらうと、すぐにくらくらとくる。

そして、グローブをつけたときのほうが、ボディへのダメージが大きくなるのだ。

佐竹はそのことを知っていたのだ。

さらに、紙一重で相手のパンチを避けようとする場合、グローブはひどく邪魔になる。

ニックは、まったく佐竹を恐れている様子はなかった。

リーチも体重も、筋力も自分のほうが勝《まさ》っているからだった。

「ハジメッ」

指導員は日本語で号令をかけた。

ニックは、ボクシング風のクラウチングスタイルで構え、さかんに体を揺すった。

佐竹は、右足を前に出し、肩幅ほどのスタンスを取り、半身になった。

右手は、顔面のまっすぐまえに、左手は胸のまえに置かれている。

空手の基本の構えとは左右が逆になっていた。

空手ほど腰を落としていない。

強いて言えば、剣道の構えに近かった。

ニックは、いつものとおり、どんどん間合いをつめてきた。アメリカン・カラテの特徴といえる。

佐竹は退がらなかった。その代わりに、奇妙な動きをした。

肩を落とし、腰をぐっと前に突き出したのだった。

ニックがしかけた。

ジャブの二連打、ストレート、さらにクロスアッパーを一瞬のうちに繰り出した。

パンチは佐竹には当たらなかった。

佐竹は、わずかに、バックステップして、パンチをやり過ごしたのだった。

さらに勢い込んでニックは、ジャブから右のストレートへとつないだ。

佐竹の右足が、強く床を蹴った。

同時にその腰から上が、鞭《むち》を振ったようにしなった。

佐竹の右手は、ニックのストレートを受け流し、そのまま引きつけていた。

右拳は、鳩尾《みぞおち》に深々と突きささっている。

次の瞬間、ニックの巨体は、二メートルも後方に弾《はじ》き飛ばされていた。

彼は気を失っていた。

道場内は静まりかえった。

指導者は、茫然として、組んでいた腕を解いた。

佐竹は、倒れているニックに歩み寄り、上体を起こすと背に回り、活を入れた。

ニックが息を吹き返した。

道場生たちはざわめいた。柔道の道場などでは、師範や黒帯の高段者が〝落ちた〟者に対して、活を入れる光景が、かつてよく見られたものだった。

しかし、アメリカン・カラテの道場生にとっては、初めてのことだった。

佐竹は、ニックに、だいじょうぶか、と尋ねた。

ニックは、唖然《あぜん》とした表情で佐竹を見上げただけだった。何が起こったのか本人にもわかっていないのだ。

佐竹は、その場を離れ、上着やネクタイを手に取った。道場生全員がその一挙一動を見つめていた。

「待て」

指導員は言った。「いったい、何をやった。あれは空手ではない。何か不思議なマジックを使ったのだろう。でなければ、ニックの巨体があんなに軽々と吹っ飛ぶはずはない。ふたりの体重差を考えれば、不合理だ」

「いいや」

佐竹は言った。「これが空手の技だ。最大限に力を合理的に使った本当の技というものだ」

「空手は東洋の神秘ではない」

指導員は興奮を隠しきれなかった。「空手はパワーだ。空手はスピードだ」

佐竹は言った。

「そう。そういう空手があってもいい」

「私は納得していない」

「どうすると言うんだ」

「ブライアン」

指導員は怒鳴った。

「イエッサー」

別の黒帯が歩み出た。

ニックとはうって変わって、スマートな体型をしている。腰が高い。蹴りが好きそうなタイプだ、と佐竹は思った。

佐竹は、上着を置いて、再び、赤いコートの中央へ出た。

ブライアンと呼ばれた男は二メートル近くあった。

「ハジメッ」

指導者は叫んだ。

ブライアンは、膝を曲げ、ほとんど真横を向いた。左肩を佐竹に向けている。

右手を顎《あご》のまえに持ってきて、左腕は、肘《ひじ》を曲げたまま、脇腹のあたりで小刻みに動かしている。

蹴り技を得意とする者の典型的な構えだ。空手だけではなく、韓国の跆拳道《テッコンドウ》でもよく見られる構えだ。

ブライアンは、足刀の順蹴りから入ってきた。順蹴りとは、前になっている足で蹴ることを言う。

スピードと伸びは見事だった。

佐竹は、その足刀蹴りを受け流すと同時に、相手の背後へ回るようにステップした。

ブライアンはそれを待っていた。

すかさず、後ろ回し蹴りで決めにきた。

誰の眼にも、その鋭い連続技をかわすことは不可能に見えた。

受けたとしても、すさまじい破壊力を持った後ろ回し蹴りに、体ごと弾き飛ばされてしまうのだ。

しかし、ブライアンの蹴りは不発に終わった。

ブライアンは、一瞬、佐竹の姿を見失った。と、同時に、軸足にすさまじい衝撃を感じた。

ブライアンの腰から下が、完全に宙に浮いた。

彼は、後頭部から床に落ちた。

頭を床に打ちつける直前、さっと手が伸びた。佐竹の手だった。それがなければ、ブライアンは病院行きだった。

さきほどのニック同様、ブライアンも、何が起こったのかわからなかった。

佐竹は、ブライアンが後ろ回し蹴りを発した瞬間に、身を沈め、床に両手をついた。その体勢から、すかさずブライアンの軸足を蹴ったのだった。

ただ蹴るだけでも相手は簡単に倒れただろう。

佐竹は、膝のうしろのあたりを、下から上に向かって蹴り上げたのだ。

佐竹は、ゆっくりと指導員のまえを通り過ぎた。

今度は何も言われなかった。

彼は、靴下をはき、上着とネクタイを手に持つと、稽古場をあとにした。

受付の女性が、ちらりと佐竹を見て、すぐに無関心そうに眼をそらした。

佐竹は、ゆっくりと建物の出入口を出た。彼は、そこから一目散に駆け出していた。

汗が一気に噴き出てきた。

佐竹は、今まで自分がどれほど大きな恐怖を感じていたかを、そのときになってようやく気がついた。睾丸《こうがん》が縮み上がっていた。

そして、恐怖から解放された今、大声で笑い出したい衝動にかられていた。

これまで味わったことのないすばらしい快感だった。

走りながら佐竹は何度もつぶやいていた。

「僕の生きる道はこれしかない」

5

佐竹《さたけ》はいっそう体力トレーニングと、技《わざ》の研究に精を出した。

会社でも、人目のないところで、腕立て伏せ、腹筋運動、スクワットをよくやった。

ふたりの大きな白人――しかも、破壊力とスピードでは定評のあるアメリカン・カラテの黒帯を、あっという間に倒してしまったという快感は、数日間、頭を離れなかった。

思い出すたびに、彼はそのときの動作を反復していた。

さらに、イメージをふくらませ、相手がもっと意表を突くような動きをしてきたら、どうすべきかを考え、それに合わせて、技を練った。

佐竹竜《りゅう》の体内には、特別な血が流れているようだった。

武道家の父から受け継いだ血で、いわば、天才格闘技家の血脈だった。その血筋がどこから発しているのか佐竹は知らない。

佐竹は、自分が身につけている拳法の由来も知らなかった。父の辰範《たつのり》は、流派名すら教えたことはなかった。

これまで佐竹は、その拳法について、特に関心を持ったことはなかった。物心ついたときから、父に教えられていたので、特別のこととは思わなかったのだった。彼は、自分の格闘技の力を、試せるだけ試してみようと決意した。

ニューヨークには空手やカンフーの道場がたくさんあった。だが、道場生が多く活気のあるのは、いずれも実戦的な練習をしている道場か、あるいは指導者が、目覚ましい実績を持っている道場だった。

アメリカ人は、空手に強さしか求めていない。彼らの選択眼は、日本人とは違った厳しさがあった。実際に役に立たないものは相手にしないのだ。

カンフーの道場は、年々衰退してきつつあった。中国拳法の技法をマスターするには、時間がかかり過ぎるのだった。達人と呼ばれる域に至るには、それこそ何十年間もの修業が必要なのだ。

さらに、本当に威力を持った中国武術を指導できる人間の数が、あまりに限られていたのだった。

日本人の道場もいくつかあったが、フルコンタクトに徹したものだけが人気を集めていた。

佐竹はそうした道場を見学して歩いた。

彼はひとつの夢を抱き始めていた。

いつか、この街で自分の道場を開きたいと考えるようになっていたのだ。

日本にいるころは、想像もしなかったことだった。

しかし、ニューヨークという活気にあふれた街ならそれができそうな気がした。

彼は、休日や、会社を早く退《ひ》けた日などに、よくそうした道場を訪ね歩いた。

ある日、いつものように、見学と称して腕だめしに入った道場が、なぜかひどく物騒な雰囲気なのに気づいた。

理由はすぐに思い当たった。

稽古をしているのが、すべて黒人だったのだ。

道場内は、殺気といえるほどの迫力に満ちていた。

道衣は白いものもあれば、黒いものもある。

佐竹は、その道場がマンハッタンの北部——ハーレムと呼ばれる地区に位置していることに気づいた。

基本練習を終えたところで、指導をしていた黒人が佐竹のもとに近づいてきた。

佐竹は、日本式に礼をした。すると、むこうの黒人も、同様の礼を返してきた。

「師範のグレッグだ」

黒人空手家は名乗った。

「リュウ・サタケです」

「まさか、入門希望じゃないだろうな」

「見学させてもらっています」

「見学だと？　あんたも空手をやるのか」

「ええ、少々……」

「帰んな。ここは、あんたらの来るところじゃない。東洋人は小器用な技をチョコマカと練習してりゃいいんだ。言っとくが、俺たちのパワーに、あんたらの技は通用しない」

「そうでしょうか」

「ああ、そうなんだよ。さあ、俺の気が変わんないうちに、帰りな」

グレッグと名乗った師範は、片手をひらひらと振ると、道場の正面にもどろうとした。

「納得できませんね」

佐竹は言った。

グレッグは立ち止まった。背を向けたままだった。

佐竹はさらに言った。

「この街へ来て、何度も言われました。空手はもう日本人のものじゃない、と。だが、そう言った人々が、空手をどれだけ知っているかは、まったく疑問です」

グレッグは振り返った。

「これ以上は繰り返さんぞ。命があるうちに、さっさと帰るんだ」

「これだけ言えば、相手をしてくれるものと思っていました。実は、僕もこの街に道場を開きたいと思っているのです」

黒帯を締めた稽古生のひとりが、おもむろに歩み出てきた。

グレッグはその気配に気づいて、さっと手を横に上げ、その男を制した。

「俺に最初に空手を教えてくれたのは日本人だった」

グレッグは言った。「だから、俺はあんたに、一応の礼は尽くそうと思った。普通なら五体満足じゃ帰さないところだ」

佐竹は黙っていた。

しゃべりたいだけ、相手にしゃべらせることにしたのだった。

グレッグは続けて言った。

「空手が日本人のものじゃないというのは実感だ。俺に空手を教えてくれた日本人は、じきに俺にかなわなくなった。組手をやるたびに、俺がKO勝ちしちまうんだ」

グレッグは、そこで一度うしろを振り向いて、道場生たちを見回した。

「あんたはばかなまねをしちまったんだ」

彼は言った。「もう俺にも抑えることはできない。こいつは、あんたが、自分でまいた種だ」

グレッグは、制止していた手をおろして、歩み出てきた黒帯に、好きにしろとでも言うように、顎をしゃくった。

彼は、何ごともなかったように、練習の指導にもどった。

道場生たちは、グレッグに注目して稽古を再開した。

佐竹のまえに立ちはだかった黒帯の黒人は、約百八十センチ、八十キロ。大男とはいえないが、実に均整のとれた体格をしていた。

彼は、突然、佐竹の顔面のすぐまえで、パンチを放って見せた。

ワンツーにクロスアッパーが一瞬のうちに打ち込まれた。

佐竹は顔に風を感じた。

だが彼は、動かなかった。間合いから見て、相手が本当に当てるつもりはないことがわかっていた。

佐竹はまばたきもしなかった。

相手の黒人は、意外そうな顔をした。

彼は、パンチのスピードには自信があったのだ。それを見せつけてやるだけで、佐竹が尻尾を巻いて逃げ出すと考えていたのだ。

確かに、佐竹は、白人空手家と対戦したときとは、また一味違う脅威を感じていた。

それは、黒人独特のしなやかな筋肉だった。

柔らかな関節としなやかに発達した筋肉は、スナップの利《き》いたすばらしいパンチやキックを生むだろう。

さらに、彼らの天性の反射神経は決してあなどれない。

佐竹は用心深く言った。

「そういうデモンストレーションには厭《あ》きあきしている。子供だましだ」

佐竹は、こういう台詞《せりふ》を吐くとき、いつも心がわずかばかり痛んだ。

怨みも憎しみもない相手に喧嘩を売っているのだ。

できれば、和気あいあいとしたムードで技の披露をし合いたい。しかし、格闘技の世界――特に海外の道場では、それは望むべくもない。

相手の黒人は、異様に眼を光らせ始めた。

彼は、一度、顔色をうかがうように、グレッグ師範のほうを見た。

グレッグはこちらの出来事をすでに無視していた。

「てめえは、ここから出るときは、死体になってるぜ」

佐竹のほうに向き直ると、黒人道場生は言った。

一歩退がって、組手の構えを取った。

佐竹も構えた。

相手は左足、左手が前方になっているので、佐竹は相手にとって逆構えになる。

黒人道場生は、ローキックから入ってきた。ストレートを間にはさんで、左上段回し蹴り、さらには、飛び後ろ回し蹴りにつなげた。

すばらしいバネだった。

やはり、白人よりも技に切れがある。そして、思い切りがよかった。

大技もどんどん平気で繰り出してくる。バランスに自信があるのだ。

蹴りの連続攻撃は、技を出し切ったところで、隙を生じる。

佐竹はそれを待って、ぎりぎりのところで蹴りをかわし続けた。

空気を切るすさまじい音が、すぐそばで聞こえた。ヒットしたら一撃で昏倒《こんとう》するだろうと佐竹は思った。

相手が飛び後ろ蹴りを発したところで、佐竹は、インステップした。

相手が着地した瞬間を狙おうとしたのだ。

インパクトのポイントから逃れ、相手に密着することで反撃のチャンスをつくろうというのだ。

しかし、この黒人空手家は、先日の白人たちと違い、天性の闘争本能を持っていた。加えて、充分に喧嘩慣れしているのだった。

佐竹が蹴りのポイントを外して飛び込んで来たのを見て、すぐに、肘を突き出したのだ。

充分な体勢で出した攻撃ではなかったが、カウンターになった。

佐竹は頬に肘を受けて、一瞬、目のまえが白くなった。頭のなかの閃光がおさまると、視界がふらふらとした。

とたんに、相手は畳みかけるように、パンチを繰り出してきた。

スナップの利いた早くて重たいパンチが、佐竹の胸から腹にかけて、ところかまわず叩き込まれた。

佐竹は、後退するしかなかった。

相手はパンチの連打から、顔面の回し蹴りへとつないだ。

佐竹は、その瞬間に飛び込んだ。

強力な蹴りは、ほとんど防ぐ手はない。受ければ手を折られるし、ディフェンスごと吹っ飛ばされることもある。

いちばん有効なのは、相手が蹴りを発した瞬間に飛び込むことだ。

相手の蹴りは動作の途中にあってまだ威力を発揮していない。そして、その状態がいちばん不安定なのだ。

佐竹は飛び込みながら、腰から上を大きくうねらせた。

彼の拳法独特の動きだった。そして、そのうねりを右の掌底《しょうてい》に伝えて、突き出した。

掌底は、相手の左肩口に決まった。

右の足を上げていた相手は、たまらずバランスを崩して倒れかかった。

佐竹は、たたらを踏む相手の足を、思いきり身を沈めて払った。

黒人道場生は、腰から落ちた。

彼は、まったく受け身を取らなかった。投げられるという経験があまりないのだと佐竹は思った。

意外に大きな音がして、道場生たちは全員振り返った。

腰を打った佐竹の相手は、怒りに燃える眼をして、歯をむき出した。

彼は、跳ね起きて、佐竹に迫って行った。

怒りのために、敵を殴ることしか考えていない。

佐竹は待ち受けた。

前蹴り、そして、ワンツーのパンチがきた。

佐竹は、最後のストレートにタイミングを合わせていた。

右ストレートの外側にステップすると同時に、そのパンチにすり合わせるように、左手を突き出した。

相手の右ストレートは佐竹の顔面すれすれに素通りしていき、佐竹の左手は、相手の頬に入っていた。

佐竹の左手は、蛇のように相手の右腕にからまったように見えた。

相手は、クロスカウンターのような形で拳を受け、一瞬ひるんだ。

佐竹はそのまま相手の右腕をかんぬきに決めて投げた。

巨体がおもしろいほど軽々と転がった。

相手が倒れた瞬間に、頭部をサッカーのように蹴りつけることもできたし、上から拳を叩き込むこともできた。

しかし、佐竹はそこで攻撃をやめた。

彼がいるのは、あくまで相手の道場なのだ。

相手は今度はゆっくりと起き上がった。

佐竹を睨みつけたまま、再度いどみかかろうとしている。

佐竹は、他の道場生たちの雰囲気をそっとうかがった。危険な視線が佐竹に集中してきた。

佐竹は、今度相手が手を出してきたら、即座に倒して、そのまま逃げ出すつもりでいた。

「やめろ」

グレッグが大声で言った。「もういい」

「だけど、グレッグ。あんたはいつも言ってるだろう。やるときは徹底的にやれって」

「そのとおりだ」

グレッグが歩み寄ってきた。「だが、それも、できるうちに、という意味だ」

「何だって……」

「わからないのか。おまえは、もう何度もこの日本人に殺されているんだ」

グレッグは、佐竹のほうを向いた。

「さあ、もういいだろう。さっさとここから出て行ってくれ」

佐竹は、何も言わずグレッグに背を向けた。

道場を去りかけるとグレッグの声が聞こえた。

「今度くるときは、ちゃんとカラテ・ジャケットを着てくるんだ」

佐竹は驚いて振り向いた。

グレッグは表情をまったく変えずに言った。

「きょうのところは、うちの弟子たちが興奮しているから稽古はやめといたほうがいい。それに、あんたも稽古ができる状態じゃないはずだ」

佐竹は、あらためてグレッグのほうを向いて、礼をした。

グレッグも礼を返した。

佐竹は、グレッグという黒人空手家に対して自分の行ないを恥じていた。

彼はこの日を限りに、道場荒らしなどやめようと決意した。

道場を出たところで、肘を受けた頬が腫《は》れてきているのに気づいた。左眼の視界の下方がふさがれている。顔の筋肉を動かすとひどく痛んだ。

それよりもひどいのは、右側の脇だった。肋骨にひびが入ったのは確実だった。大きく呼吸をすると、ナイフで突つかれるような鋭い痛みがある。

相手のパンチでやられたのだ。

グレッグはそれを見抜いていたのだ。


佐竹は、会社が契約している医者のところで、レントゲン撮影をしてもらった。肋骨一本にひびが入っているだけだった。

それも、連結部の軟骨部分のひびで、比較的軽いけがだった。

肋骨にひびが入ったりすると、昔の外科医は、バストバンドやテープで固定したものだが、最近は湿布《しっぷ》しかしない。

医者は、顔面の傷に触れ、「頭痛はするか」と尋ねた。

佐竹は後頭部に、重いこわばりを感じていたので、こたえた。

「ひどくはないが、痛みます」

医者は、ペンライトをつけて、言った。

「これを眼で追ってください。顔を動かさずに」

ペンライトがゆっくりと左右に動いた。

佐竹は言うとおりにした。

医者は佐竹の眼をじっと観察していたが、やがてライトを消した。

「吐き気は？」

「ありません」

医者はうなずき、カルテに走り書きした。

「異常は認められません。頭痛はすぐに治《おさ》まるでしょう」

そのあと、医者は、何か薬の希望はあるかと尋ねた。

佐竹はノーと答えて、診察室を出た。

医者にかかると、つまらない傷も、妙に大けがのような気がしてくるのだった。

佐竹は、あばらのひびなど、空手道場では珍しいことではなく、なかには、ひびが入っていることに気づかず練習を続け、知らぬうちに完治している者も多いということを知っていた。

佐竹は、自分のけがより、あっという間に繰り出された黒人のパンチの威力のことが、気になっていた。

力と躍動感、そしてバランス感覚では、日本人は黒人の敵ではない。

確かに負けたわけではないが、こうして、パンチを何発か打ち込まれただけで骨にひびが入るほどのダメージを受けているのだ。

彼らに絶対に負けないようにするにはどうしたらいいのかと考え始めると、ほかのことが手につかないほどだった。

脇は痛んだが、グレッグの道場へ出かけずにはいられなかった。

仕事が忙しくなかなか訪ねるチャンスがなかった。

佐竹は、以前ほど商社の仕事に情熱を感じなくなっていた。

彼は、今の仕事以上に熱中できるものを発見してしまったのだ。

ようやく時間をやりくりして、グレッグの道場を再び訪れたのは、最初の訪問から、一週間経ってからだった。

佐竹は、おそるおそる出入口のドアを開けた。

グレッグが、そして道場生たちがどういう態度で佐竹を待ち受けているのかまったくわからないのだ。

見つかったとたんに袋叩きに遭うことだって考えられるのだった。

入って行くと、すぐにグレッグと眼が合った。

佐竹は、ここで呑まれてはいけないと、眼をそらさなかった。

グレッグは、黒帯のひとりに指導を代わるように言って、佐竹のもとへやってきた。

「もう来ないかと思ったぜ」

グレッグはあくまで無表情だった。

「前回訪ねたときは、たいへん恥ずかしい態度をとってしまいました」

佐竹は素直な気持ちで言った。「故意に、怒らせるようなことを言い、腕だめしをしようとしたのです。でも、もうそんなまねをする気はありません」

「ここで稽古をする気があるんだな」

グレッグは、目を細めて尋ねた。

「そのつもりです」

「このあたりがどんなところか知ってるのかい。このハーレムというところが、どんなところか」

佐竹はうなずいた。

「この道場だって、廃ビルの一階を無断借用してるんだ。ここは、何かの店だったようだ。俺たちがガラクタを片づけ道場にしたんだ」

佐竹は再び、無言でうなずいた。

「そいつがわかってりゃいいさ」

グレッグは佐竹に背を向けた。「カラテ・ジャケットに着替えてきな」

彼は、指導にもどった。

佐竹は、スポーツショップで買ったばかりの純白の空手衣を身につけ、白帯を締めた。

道場のいちばんうしろでひとり体をほぐしていると、グレッグがまた不審げな顔でやってきた。

ないだろう」

「いつも使っているジャケットでいいんだ。それに、あんたがホワイト・ベルトなはずは

佐竹は正直に言った。

「実は、今まで空手衣など着たこともないんです。だから僕は、正真正銘のホワイト・ベルトなんですよ」


今までほとんど表情というものを見せようとしなかったグレッグが、さすがに驚きを顔に表した。

「このあいだあんたが戦ったマイクは、この道場でも一、二を争う実力者だ。それが、ホワイト・ベルトにいいようにあしらわれたと言うのか」


佐竹は肩をすぼめた。

「僕は、拳法を父親から習いました。父親もその父親から習いました。僕は、二十年以上も拳法の鍛練を続けているのです。黒帯といっても、空手の修業は、せいぜい五、六年ほどじゃないのですか。その差が出たのでしょう」


グレッグはしばらく考え込んでいたが、やがて言った。

「よし、稽古に参加するんだ。そして、練習が終わったら、しばらく残っているんだ。話がある」


佐竹は、基本の練習に参加した。

6

練習を終えた道場生は、危険な眼差しで佐竹《さたけ》を見すえ、出口へ向かった。

やがて、師範のグレッグと、先日手合わせしたマイクという名の道場生、そして、もうひとり、マイクと同じくらいの体格の黒人だけが残った。

リンチか、と一瞬、佐竹は思った。

三人は、ゆっくりと佐竹に近づいて来た。

「マイクは知ってるな」

グレッグは佐竹に言った。「こっちはゲーリーだ」

佐竹は黙ってふたりを見つめた。握手が必要な雰囲気ではなかった。

「あんたに見てもらいたいものがある」

グレッグは言って、ゲーリーに目配《めくば》せした。

ゲーリーは、道場のなかに転がっていたコンクリート・ブロックを両手にひとつずつ、ぶら下げてきた。

マイクも同様にブロックをふたつ持ってきた。

ゲーリーがまずブロックを、ふたつ平行に床に並べた。マイクは、ブロックのひとつをその上に橋を渡すように乗せた。

グレッグがうなずいた。

ゲーリーが歩み出て、パンチでブロックを真っぷたつに割って見せた。

続いてゲーリーがブロックを両手でかかえた。

マイクは、それを回し蹴りで砕いてしまった。

ゲーリーとマイクは無言で一歩退がった。

沈黙の間があった。

「どうだね」

グレッグが言った。「これが、俺たちの信じている空手だ。空手はパワーだ。空手は破壊力だ。パワーのまえには、どんな器用な小技《こわざ》も通用しない」

佐竹はうなずいた。

「確かにそのとおりです。僕も、アメリカへ来ていちばん脅威を感じたのは、そのパワーなのです。日本人は一般に、パワーと体重で西欧人には劣るのは確かです。僕も先日、そのマイクさんと対戦して、それを実感しました。マイクさんは、僕の肋骨にひびを入れてしまったのです」

グレッグとマイクは、一瞬、顔を見合わせた。表情は変わらなかった。

東洋人は表情にとぼしいとよく言われるが、ここの黒人たちほどではない、と佐竹は思った。

「だが、マイクは、あんたに勝てなかった」

グレッグが言った。「俺たちにはそれがわからないんだ」

佐竹は、床に平行に置かれたブロックに近づいた。

彼は、そのブロックのひとつに真上から手を伸ばし、掌底《しょうてい》をあてがった。

わずかに肘《ひじ》を曲げると、一瞬、激しく上体を震わせた。

ブロックに、まっすぐ亀裂が入った。

佐竹がそれを持ち上げると、ふたつに割れていた。

グレッグとふたりの道場生は眼を丸くした。

「何をやったんだ……」

グレッグが尋ねた。

佐竹は言った。

「技ですよ」

「技……」

「僕はアメリカの人々のパワー・カラテは、それなりにおそろしいと思いました。しかし、いろいろと考えた末、僕は、技は力に勝《まさ》る、という結論に達したのです。今、お見せしたのがいい例です。ブロックを割るには、すさまじいパンチ力が必要だと考えがちでしょう。しかし、技を使えばそのパワーと同じ結果が、ずっと少ない力で得られるのです」

三人の黒人は顔を見合わせた。

佐竹は、続けた。

「人間の体は、決して曲がらない骨を、関節でつないで成り立っています。その関節を曲げるのが筋肉です。単純に言えば、パワーというのは、筋肉が関節によってつながれている骨を動かす力の大きさです。だから、筋肉を鍛える。これは誰でも考えつくことです。しかし、人体の構造をもう一度見つめ直したときに、別な方法があることにも気づくはずです。すなわち、波のように体をうねらせるのです。そうすると、筋力だけでないプラスアルファの力が得られるのです」

「よくわからねえが」

マイクが言った。「そいつは、体をムチのように使うということかい」

佐竹はうなずいた。

「もっとわかりやすいのは、ヌンチャクですよ。あれの棒の部分が骨で、チェーンやひもの部分が関節です。ヌンチャクを軽く振っただけでも、大きな破壊力が得られるのは、よく知っているでしょう。人間の体を、ヌンチャクがいっぱい寄り集まったもの、と考えるのですよ」

「それがあんたの拳法の秘密なわけだ」

グレッグが思案しながら言った。

「それと、もうひとつ」

佐竹は説明を続けた。「人間の体は、このブロックのように固くはない。いわば、水の入った袋のようなものです。打ちかたによっては、それほどのパワーがなくても倒せるものなのです」

三人はまた顔を見合わせた。

グレッグは、一歩、佐竹に歩み寄った。

佐竹の顔から眼をそらすと彼は、言いづらそうに話し出した。

「俺たちゃ、強くなりたいんだ。これまで、強くなるには、空手が一番だと思ってきた。事実、俺は空手でいろんな奴を叩きのめしてきた。俺たちは、自分たちのやりかたを疑わなかった。パワーとスピードの空手。もう、日本人に教わることは何もないはずだったんだ。しかし、あんたが突然、現れた」

グレッグは一度、言葉を切って、マイクとゲーリーを振り返って見た。

それから向き直ってまた話し出した。

「ここは見てのとおりのスラムだ。ここからは誰も出て行かれやしない。だが、チャンスがないわけじゃない。ヘビー級ボクシングの世界を見ろ。バスケットボールの世界を見ろ。そして、オリンピックを見ろ。活躍しているのは、みんな俺たちの仲間だ。黒人なんだよ」

佐竹は曖昧《あいまい》にうなずいた。

グレッグの言いたいことがわからなかった。

グレッグは続けた。

「この道場で、俺があんたに教えることなんてありゃしない。せいぜい、いいもんを食ってウエイトトレーニングをやれって言ってやれるくらいなもんだ。俺たちは相談したんだ。あんたの手を借りようってな。俺たちにもチャンスが回ってきそうなんだよ」

「何の話なんですか」

「三カ月後に、格闘技のオープン・トーナメントがこのニューヨークで開かれる。全米、いや、全世界から腕に覚えのあるやつらが集まるだろう。空手、カンフー、柔道、キックボクシング、レスリング、何でもありだ。この大会で優勝すれば、立派な道場を経営するための手助けがしてもらえるそうだ。大会のチャンピオンともなれば、宣伝効果も充分だ」

佐竹の眼が輝いた。

彼にとっても充分に魅力的な話だった。

「それで、この僕の拳法も学びたいと……」

「ああ。どんなやつが出てくるかわからないからな。事実、あんたの拳法は、ショッキングだったよ」

「僕に道場に来るように言ったのは、そのためだったのですか」

「最初はもちろん、そんなことは考えていなかった。三人で話し合った結果だと言ったろう。勝負には、運不運がある。だから、うちの道場からは、俺たち三人が出場することになっている」

佐竹は、すでにグレッグの申し出よりも、そのトーナメントのほうに心引かれていた。

「なあ」

グレッグは、わずかにいら立っているようだった。「俺は、人にものを頼むのが苦手だ。どう言えばいいのかよくわからんが、手を貸してくれないか」

佐竹は言った。

「いいでしょう」

グレッグは、初めて右手を差し出した。

佐竹は、その手を握るまえに言った。

「ただし、条件があります」

グレッグは右手を出したまま訊《き》いた。

「何だ」

「僕も、その大会に出場したいのです」

「何だって」

「チャンスは平等に、ですよ。僕は僕で、アメリカン・カラテの本当の実力をまだ知っているとは言えません。僕は、僕の拳法をあなたがたに教える。あなたがたは、アメリカン・カラテを僕に教える。こういうことでどうです」

グレッグはしばらく考えてから、うなずき、あらためて右手を開いた。

「いいだろう。大会には誰でも出場できるんだ。あとでパンフレットを一部渡しておこう」

佐竹はグレッグの手を握った。手を高く掲げ、親指の側を握り合う握手だった。

佐竹が教えることはそれほど多くはなかったが、いずれも、重要なポイントだった。アメリカ人はボクシングに慣れているため、空手の試合でも、つい向かい合ったまま、パンチやキックの応酬を続けがちだ。

佐竹は、それがいかに危険で無駄なことかを説いた。

彼は、ポジショニングということを教え込もうとした。

すなわち、間合いと、相手の死角へ入るための見切りだ。

相手の攻撃を受けたら、そのまま相手を崩し、外側へ回る。あるいは後ろを取ってもいい。

また、攻めるときも、同様の足運びをするのだ。決して、正面からまっすぐ突っ込んで行ってはいけない。カウンターを取られる危険があるのだ。

崩して、死角に入る――佐竹はこの動きを何度も何度も黒人たちに練習させた。

さらに、佐竹は交差法のごく基本的な技を手ほどきした。

交差法とは、攻防が一体となった技のことだ。

ボクシングのクロスカウンターのようなものだと言ったら、黒人たちは目を輝かせた。

佐竹は、相手のパンチを受けると同時に体を回転させてふところに入り、カウンターを打ち込む技を教えた。

この技は、もっと高度に練り上げると、受ける必要はなくなる。体のひねりだけで、パンチをかわし、さらに、相手をひっくり返すこともできる。

だが、短期間で、グレッグたちにそれを教え込むのは無理というものだった。

佐竹の独特の「打ち」にしても、伝授するのは不可能だった。

佐竹は二十年以上の修業で、ようやくその技法をものにしたのだ。

佐竹は、グレッグたちに、「打ち」をマスターする必要はないと言った。その代わりに、彼らには、佐竹がとうていかなわないパワーがあるのだ。

佐竹がグレッグたちから学んだことも少なくなかった。

マイクはアマチュアボクシングのタイトル保持者で、ボクシングのテクニックを習うことができたのはありがたかった。

また、彼らの欠点は、間合いのおそろしさを知らないことと、腰高な点だった。

事実、三人とも佐竹が、間合いを盗んで、足技をかけると、十回に八回は、見事に転がってしまうのだった。

フルコンタクト・ルールのため、威力を最大限に引き出さねばならないということも、思わぬ落とし穴につながっていた。

蹴りを出すときに、上体が反動をつけてしまうのだ。

相手の出す技がわかれば、そのパワーを封じることは比較的簡単だ。

佐竹はその点も注意するように三人に指摘した。

こうした練習が、約一カ月続いた。

佐竹は、自分の技の切れがますます鋭くなっていくのを感じていた。

彼は、家に帰ると、壁に貼ったパンフレットを眺めるのが新しい日課になっていた。

グレッグからもらった、第一回国際格闘技オープン・トーナメントのパンフレットだった。

ルールは簡単だった。

テンカウントのＫＯ、三度のダウン、あるいはギブアップを奪えば勝ち。

柔道などの投げは、ダウン一回と見なされる。

また戦意喪失と審判が見なした場合も負け。

関節技、固め技は、ギブアップを取るか、決まったと審判が宣言してから三十秒維持できれば、勝ちとなる。

その他、ドクターストップやテクニカル・ノックアウトもあった。

佐竹は人生の目標と呼べるものに初めて出会ったのだ。

彼は、この試合にすべてを賭ける決意をしていた。

彼の会社は、辞める一カ月前に辞表を提出する決まりになっていた。

彼は辞表を書いた。

大会まであと二カ月という時期まで来て、彼は、辞表を直属の上司に渡した。

上司や同僚は心底驚いていた。

部長、さらには支店長面接という、日本企業らしいセレモニーが行なわれ、佐竹は、決して社に不満があって辞めるのではないということを力説した。

退社の準備や、グレッグたちとのいっそう熱の入った稽古で多忙な一カ月が過ぎた。

佐竹は、いちおう円満退社という形をとることができて、ほっとした。

会社を辞めた彼は、住むところもなくなったので、一度、故郷へ帰ることにした。

日本に帰る前夜、稽古が終わると、グレッグは佐竹に言った。

「トーナメントで会おう。日本に帰って、急におじけづいたりするなよ」

佐竹はうなずいた。

「故郷で最後の仕上げをしてくる。大会では驚かせてやるよ」

グレッグは、初めて笑顔を見せた。

佐竹は、グレッグ、マイク、そしてゲーリーと、親指の側を握り合う握手を交わした。


成田に着いた佐竹竜《りゅう》は、自分で思っていたほどの感慨もなく、拍子抜けしたような淋しいような妙な気がした。

何年も日本を離れていたわけではないが、それでも、もっとなつかしさを感じると思っていたのだ。

上野に向かう電車のなかで、彼は、ふと永瀬《ながせ》みどりのことを思い出した。

そして、あのころはどうしてあんなに焦って結果を出そうとしていたのだろうと不思議に思った。

彼女にもう一度、会ってみたかった。

しかし、佐竹竜はその考えを打ち消した。

ほかに、特別会いたいと思う友人は、東京にはいなかった。

彼は上野に着くと、まっすぐ故郷の三厩《みんまや》まで帰ることにした。

上野から東北新幹線で北へ向かった。

早朝だった。

十月に入って、北国は冬の準備を始める季節だった。

新幹線の窓から、だんだんと淋しくなっていく夜景を見ながら、竜飛《たっぴ》の風は冷たいだろうなと佐竹は思った。

岬の風景を思い描いているうちに、彼はぐっすりと眠っていた。

盛岡で新幹線から特急に乗り換え、さらに青森で各駅停車に乗り換えた。

三厩の小さな駅を出たとき、さすがに胸に押し寄せるなつかしさがあった。

(やはり故郷でなければ、だめなのだ)

佐竹竜は、満足げに、心のなかでそうつぶやいていた。

駅のまえは、なだらかな坂になっており、観光案内用の大きな看板が立っていた。

さらに、そのむこうに、大衆食堂があった。

佐竹は、高校時代に、よくその店で、ラーメンをすすったのを思い出していた。

駅から出て、右へまっすぐ行くと、義経寺がある。

佐竹竜の家は、義経寺を越えて、さらに五百メートルばかり行った右側にあった。

古い木造の平屋で、裏はすぐヒバの林になっていた。

玄関に入ると、なつかしいにおいがした。

家のにおいというのは、各家庭独特でしかも、いつまでも変わることがない。

母親は竜の顔を見るなり、いったいどういうことか説明しろと、心配顔で何度も尋ねた。

父親の辰範《たつのり》は、新聞を読んでいた。

一度顔を上げて、おおと声をかけ、うなずいたきり、再び新聞に目をもどした。

彼は、仕事を辞めた理由を尋ねようとはしなかった。

母親は昔から心配性だった。

あまりしつこく尋ねるので、佐竹竜はこたえた。

「今までの仕事よりも、やりたいことが出てきたんだよ」

それでも、母親は、尋ね続けた。やりたいことというのは何なのか、それで不自由なく生活していけるのか、誰かにうまいことを言われて、その気になっているのではないか
――

佐竹竜は、どう説明していいかわからなかった。

母親は、この青森の片すみで生まれ、育った人間だった。竜がニューヨークで感じたことを話して聞かせても、理解できるはずがなかった。

竜が困り果てていると、父親が静かに言った。

「いいから、夕食にしなさい」

辰範は新聞から眼をはなさなかった。「竜はニューヨークからもどったばっかりで疲れているんだ。話なら明日でもできるだろう」

母親は不承ぶしょう立ち上がり、台所へ行った。

「オヤジ……。俺、来月にはまたニューヨークへもどらなきゃならないんだ」

「ほう……」

辰範は関心なさそうにあいづちを打った。

竜は父親の顔色を見てから、さらに言った。

「ニューヨークで、武術のトーナメントが開かれる。俺、それに出場するつもりだ」

辰範が初めて竜のほうを見た。

鋭い眼つきだった。

「おまえが、仕事よりやりたいと言ったのは、そんなことだったのか」

「トーナメントで優勝すれば、道場の経営も夢じゃなくなるんだ。オヤジ、ニューヨークってところはね、何だってできる街なんだ」

「ふん。おまえの腕で何ができる」

「ニューヨークでもずいぶん鍛えたんだ」

辰範は、それきり、何も言わなかった。

夕食が並び、父と息子はビールをくみ交わした。

食事の最中は、竜はトーナメントの話を一切出さなかった。近所の人々の噂話や消息の話題が山ほどあった。

夕食が終わって、母親が片付けに立つと、辰範はぽつりと息子に言った。

「やるからには、勝ってもらわにゃならん。でないと、ご先祖に申し訳ない」

竜は驚いた。

そして尋ねた。

「それを訊きたかったんだ。佐竹家に伝わる拳法は、もともとどんな由来があるんだ」

父親は言った。

「話し出すと長くなる。今日はもう寝ろ。明日にでも教えてやろう」

7

翌朝、佐竹竜《さたけりゅう》は六時に起こされた。

辰範《たつのり》が言った。

「裏で待っている。早く来い」

「ジェットラグで、がたがたなんだよ。ゆっくり寝かせてくれよ」

「ジェットラグ？　何だそれは」

「時差ボケだよ」

「そんなもの吹っ飛ばしてやる」

辰範は、出て行った。

竜はしかたなく起き出して、裏へ回った。

十月ともなれば朝はかなり冷え込む。竜は思わず身ぶるいした。

家とヒバの林の間に、わずかな空地がある。

人目につかない広場だった。

幼い頃、竜が父の辰範から拳法を教わった場所だった。

辰範は紺色のスポーツウエアを着ていた。

スポーツウエアといっても、運動をするために着るのではなく、動きやすく楽だという理由で普段着にしてるのだ。地方の小都市や山間《やまあい》の村などでは、たいていの人が、こうした恰好で歩き回っている。

竜はジーパンにセーターという恰好だった。

「体をほぐしなさい」

辰範が言った。

「手ほどきをしてくれるのかい」

「そのために帰って来たのだろう。ゆうべも言ったが、世間にわが拳法を披露するからには、負けてもらっては困るからな」

竜は、ストレッチで筋肉を柔らかくし、関節を回した。

「さあ、『打ち』をやってみろ」

竜は、独特の構えを取って、そこから、前手で「打ち」を放った。

空気を切る音が響いた。

辰範は、首を横に振った。

「やはり、悪い癖がついている」

「そうかな」

「手首の使いかたが甘い。それでは、ボクシングのパンチだ。いいか。なぜこの技《わざ》を、空手のように『突き』といわず、『打ち』というのかをよく考えることだ」

「何度も聞かされたよ。水を張った大瓶《おおがめ》を考えるんだろう。空手の『突き』は、大瓶に穴をうがつ。だけど、俺たちの『打ち』は、なかの水に波紋を作る」

「そうだ。そして、その基本は、あくまで、関節を中心にした骨の合理的な使いかただ。見てるがいい」

父の辰範は、ヒバの木に近づいた。

太い幹にそっとてのひらをあてがう。

腰は空手や中国拳法のように低くは降ろさない。しかし、膝を曲げて、充分にためを作っている。

後ろになっている左足が地を蹴った。

同時に、腰が前後に大きく動く。上体がうねった。

大きな音がして、太いヒバの木が大きく揺らいだ。枝がいっせいに鳴った。

「これが最上の『打ち』だ」

辰範は、竜のほうを見て言った。「これだけの『打ち』ができれば、体重の差など関係ない。百キロの巨漢でも吹っ飛ばせる」

竜は、あらためて感心していた。

「なるほど」

彼は言った。「俺は、アメリカで、ボクシングのようなパンチばかり見てきた。その癖が知らないうちにうつっていたらしい」

辰範は言った。

「きょう一日は、このヒバの木相手に、打ち続けろ。それ以外のことはやらんでいい」

「拳法の由来について話してくれるはずだったね」

「ばか」

辰範は、勝手口に向かっていた。「もう、役場へ行く時間だ。夕めしのときにでも話してやる」

竜は、辰範が去ると、言われたとおりに、ヒバに向かって『打ち』を放ち続けた。

母親は、もう何も言おうとしなかった。

朝食の用意ができた、と竜を呼びに来た母親を見て、竜は、申し訳ない気持になっていた。

夕刻、辰範が帰宅したときも、竜は、ヒバの木を打ち続けていた。

「もうよかろう」

辰範は竜に言った。「ヒバが倒れるといかん」

夕餉《ゆうげ》の食卓を囲んで、息子とビールをくみ交わすと、辰範は話し始めた。

「この三厩《みんまや》村の名の由来を知っているな」

竜は、何を今さらという苦笑を浮かべた。

「義経《よしつね》伝説だろう」

「そうだ。文治《ぶんじ》元年つまり、一一八五年のことだ。数々の功績を上げたにもかかわらず、頼朝《よりとも》に、鎌倉入りを許されなかった義経は、ついに、頼朝追討の院宣《いんぜん》を得た。だが、西海に下ろうとして大物浦《だいもつのうら》で船が難破し、その後、各所を転々として追手を逃れるわけだ。頼朝は守護、地頭《じとう》を置いて、これをきびしく追いたてた。藤原秀衡《ふじわらのひでひら》を頼って平泉《ひらいずみ》に逃れた義経は、秀衡の死後、その子藤原泰衡《やすひら》の襲撃に遭い、文治五年、一一八九年の閏四月三十日、妻子とともに衣川館《ころもがわのたて》で自害した。これが、歴史の通説だ」

「ところが、この東北の果てでは、その後、源義経は生きのびてここへやってきたことになっている」

「そうだ。記録に残っている日本史などあてにならんものだ。時の権力者の意向でどうにでも書き替えられる。藤原泰衡は、最後まで父、秀衡の言いつけを守り、頼朝と戦った人物だと言われている。すでにここで矛盾しておるな。そんな人物が、義経を襲うはずがない」

「なるほど」

「実は、泰衡は、義経を殺したことにしておき、逃亡に手を貸したのではないかという学者が大勢いる。それで、数々の伝説が生まれたわけだ」

「北海道へ逃れ、やがて大陸へ渡ってジンギス汗《カン》になったりする伝説だね」

「そのとおり、ジンギス汗が、モンゴルの部族を統一したのが、ちょうど一一八九年ごろだと言われているから、そんな伝説も生まれたのかもしれん。ジンギス汗になったのが義経かどうかはわからないが、北海道へ渡ったということなら、考えられないことはない。義経の主従一行は、本州の北のはずれにたどりつき、蝦夷《えぞ》が島の島影をまえに、どうすることもできなくなる。義経は海上にそびえ立つ奇妙な形の岩に、三日三晩端座し、観世音《かんぜおん》大菩薩《だいぼさつ》に助けを乞《こ》うわけだ。それが『厩石《うまやいし》』だ。すると、夢に白髪の老人が現れ『岩のなかに三頭の竜馬《りゅうば》がいるので、それで海を渡れ』と言った。三頭の竜馬をつないだ岩穴があることから、この浦を三つの馬屋、つまり三馬屋と呼ぶようになり、三厩の名の由来となったわけだ」

「それが拳法とどういう関係があるんだい」

「わが佐竹家の拳法は、源義経によってこの地に伝えられたものだと言われている」

「ほう……。よくある話だ。中国の少林拳《しょうりんけん》も達磨《だるま》によって伝えられたという伝説があるそうだ」

「そう……。義経によって伝えられた拳法というのが、本当かどうかは、今となっては誰にもわからない。だがな、源氏にゆかりのある拳法であることは確かなようだ」

「源氏に……」

「つまりは、起こりはモンゴル系の格闘技だということだな」

「どういうことだ……」

「さっき、おまえも言ったな、源義経がジンギス汗になったという話——。あれは、単に義経の日本での没年とジンギス汗が急に台頭する年号が一致しているという理由だけで生まれた話ではない。源氏の祖は、モンゴル系の渡来人だ。それゆえ、源氏は馬による戦いを得意としたのだ。同じ民族であるということが、源義経・ジンギス汗同一人物説を生んだとも言える。ついでに言えば、平家は、拝火教《はいかきょう》のペルシャ系だ。平家は水軍を持って戦ったが、それはペルシャ民族の伝統だったと言えるな」

「モンゴル系の格闘技といえば、少しまえに、テレビのコマーシャルで、相撲のようなものが放映されて話題になったけど……」

辰範はうなずいた。

「わが佐竹家に伝わる拳法は、源角《みなもとのかく》あるいは単に角《かく》と呼ばれていた。それは、古代の日本で、大陸の騎馬民族から伝わった武術を捽角《そっかく》あるいは角抵《かくてい》などと呼んでいたところからきているのだろう。一般的には、それは相撲の原型だと言われている。相撲を角力《かくりき》と書いたり、相撲の世界を角界と呼ぶのも、その名残だろう。モンゴルに相撲のような格闘技が残っているというのも偶然ではないだろう」

「でも、源角と言ったっけ――わが家に伝わる拳法は相撲とは似ても似つかない」

「もともと、捽角という格闘技は、相撲などとは似ても似つかないものさ」

「どんな格闘技だったんだい」

「野見宿禰《のみのすくね》と当麻蹶速《たいまのけはや》の話を知っているか」

「何だい、それは」

「記録に残っている、最古の拳法の試合だ。そんなことも知らんで、ニューヨークあたりで、私は日本人でございという顔をしていたのか。なげかわしい」

「いいから、その試合の話を聞かせてくれよ」

「日本書紀によればだ。垂仁《すいにん》天皇の時代に、当麻邑《たいまのむら》、つまり今でいう奈良県当麻町に、当麻蹶速という男がおった。この男は、力自慢でしかも、格闘技を得意とした暴れ者だったと言われている。日本書紀には、『能《よ》く角《つの》を毀《か》き』という言葉で表現されている。角《つの》というのは、言うまでもなく捽角のことだ。垂仁天皇はその噂を聞いて、側近の者に尋ねた。本当に当麻蹶速に勝てる者はおらんのか、とな」

「なるほど、そこで野見宿禰の登場となるわけだ」

「そう。野見宿禰は出雲《いずも》に住んでいた。大和《やまと》までわざわざ呼び出されたんだな。それで、ふたりは決闘することとあいなったわけだ。御前試合というわけだが、これがなかなかすさまじい。日本書紀には、ふたりは互いに向かい合って、双方が蹴り合ったと書かれている。そして、野見宿禰は当麻蹶速の肋骨を蹴り折り、倒れたところへ、なおも腰の骨を踏み折って殺してしまったという」

「蹴り技で勝負をつけたのか……」

「そういうことだ。このふたりの勝負を見てもわかるとおり、捽角というのは、当時は、現在の相撲のようなものではなく、明らかに拳法に近いものだ」

「大和に住んでいた当麻蹶速と、出雲に住んでいた野見宿禰が同じ格闘技で戦ったのだろうか。だとすると、捽角とかいう武術は、当時の日本ではかなり一般的な武術だったんだろうね」

「どうかな……。大和と出雲というところが問題だと思うがな……」

「どういうことだ……」

「大和というのは、朝廷がある日本の中心地だったことは言うまでもない。だが、出雲という土地は、かなり特殊な土地だったらしい。大和朝廷は、出雲に対してだけは、どうしても高飛車に出られなかったふしがある。例えば、風土記《ふどき》の記述だ。元明《げんめい》天皇は、畿内《きない》・七道《しちどう》諸国に、土地の産物、鳥獣、土地、山、川、原野の名の由来なんかをまとめて提出しろと命令した。それにのっとって書かれたのが、数々の風土記だ。出雲風土記では、天皇にしか使うことが許されない『天《あめ》の下造《したつく》らしし大神《おおみかみ》』という最高の尊称が大国主命《おおくにぬしのみこと》に使われている。風土記は国に提出する公文書だ。それに、出雲の人々は、自分たちの土着《どちゃく》の祖を、天皇と同じ称号を使って書き記したんだ。朝廷もそれをとがめた様子はない」

「確かに、今でも出雲はちょっと特別なところがあるな。十月のことを普通は神無月《かんなづき》と言うのに、出雲では神有月《かみありづき》というそうだ。八百万《やおよろず》の神々が、十月には国もとを離れ、皆、出雲に集まるからだそうだな」

「そう。それは、日本の歴史上変わることはなかったのだろう。大和は政治の中心地だったが、出雲は朝廷までが畏《おそ》れる、一種の大聖地だったのだろうな。そして、古代から武術という面で見ても、出雲はおもしろいのだ」

「ほう……」

「捽角というのは大陸の騎馬民族や遊牧民系の武術だと言ったが、それは、出雲に上陸して日本に伝わったのではないかと言われている」

「捽角が……」

「出雲の国譲《くにゆずり》伝説だよ。出雲というと、あの大社《たいしゃ》のある小さな土地を連想するが、大国主の勢力は強く、山陰一帯から大和の一部にまで及んでいたという。もともと大国主の一族は北方騎馬民族系の帰化人で、いち早く日本に土着した民族のひとつだと言われている。一方天照大御神《あまてらすおおみかみ》は、綿津見《わたつみ》系海洋民族。国譲伝説というのは、実は、土着していた大国主の勢力をいかに、天照系海洋民族が侵略していったかというエピソードに他ならない」

「実を言うと、その話もよく知らないんだ」

辰範は、あきれた顔で竜を見た。

「国際人というのは、自国の文化を他の国の人間に誇れるような人物を言うのだと思っていたがな……」

「これからそうなるよう努力するよ。その国譲伝説が、捽角とどう関係するのか話してくれよ」

「出雲の国を勢力下におさめようと、天照大御神は、大国主のもとへ、まず、天忍穂耳《あめのおしほみみの》命《みこと》を送る。しかしこの人物は、天浮橋《あまのうきはし》のあたりから引き返してしまう」

「全然やる気がないわけだ」

「母親の野心をまるで理解してないんだ。天忍穂耳命というのは、天照と須佐之男《すさのお》の姉弟の間にできた子供だったんだ。天照は、出雲をあくまで自分の直系の者に治めさせたかったのだな」

「それがうまくいかなかった」

「天照は、その後、天忍穂耳命の弟、天穂日命《あめのほひのみこと》を、続いて、天若日子《あめのわかひこ》を遣わした。天若日子は、天照の血族ではない。もう血筋にこだわっていられなくなったのだな。ところが、このふたりが、あっさりと大国主に懐柔されて、何年も報告をよこさない」

「大国主というのは、たいした戦略家だったんだな」

「そうだろう。でなければ、裏日本から近畿におよぶ出雲帝国を築くことなどできない。だが、天穂日や天若日子が懐柔されたのは別の理由もあったはずだ。彼らは、北方騎馬民族系のすぐれた軍事体系を見たのだ。大国主の国は、合理的な軍隊を持ち、兵を訓練していたのだろうな。それは北方騎馬民族系の特徴でもある。そこで、彼らは考えた。戦になると自分たちの命は確実に危なくなる。そういうわけで、懐柔策に乗ったのだろうな」

「捽角はどこに出て来るんだ」

「三度もの遠征に失敗した天照は、連日、神集《かむつどい》を開いて協議する。その結果、伊都之尾羽張《いつのおはばり》神とその子、建御雷之男《たけみかづちのお》神に白羽の矢が立つ。この親子は、天照ら綿津見系海洋民族とは違った民族だったようだ。土地の奥地の岩屋に住み、ダムのようなものを築いて水を支配していたようだ。どんな民族かはわからないが、大国主たちと比較的近かったのではないかと思われるふしがある。結局、建御雷が遠征することになるんだが、大国主は、この建御雷に対してだけは、ころりと態度を変えてしまう。ほとんど無条件降伏なのだな。それだけ建御雷の軍勢は力を持っていたのだろう。大国主の息子八重言代主《やえことしろぬし》の神は、責任を感じて海に身を投げてしまう。だが、もうひとりの息子、建御名方《たけみなかた》が黙っていなかった。この若者は、千人の力で動かすのがやっとという巨岩を軽々とかかえて建御雷のところへやってきたという。建御雷、建御名方——このふたりは敵どうしながら、名も似ていれば、戦いかたも似ている。おそらくは、双方とも北方騎馬民族の流れをくんでいたのだろう」

「そのふたりの使った技が、捽角だったのだろうと……」

「そう。まず、力自慢の建御名方が、天照側遠征隊長の建御雷の手を取る。すると、建御雷の手は、氷柱《つらら》のようになり、さらには剣の刃のようになった。建御名方は、あわてて手を離してしまう。今度は、逆に建御雷が『手を取らせろ』と言って、建御名方の手を取り、簡単に投げ飛ばしてしまう」

「建御名方は、出雲の最後の切り札とも言うべき力自慢だったのだろう。おそらく、捽角の使い手だったはずだ。それを、建御雷は簡単にやっつけてしまったのかい」

「それだけ力量に差があったということだろう。相手に手を握らせておいて、その手を、氷柱や剣の刃のように感じさせるとは、どういうことか、俺はずいぶん考えた。それだけでは魔法のような話だ。だが、古事記には記述の省略が多い、わずかに補って考えれば、すぐに説明がつく。つまり、建御雷は、建御名方が力いっぱい握ってきたのを、まるで氷柱でも握っていたかのように、するりと抜き、さらには、剣の刃のように鋭い手刀を披露したのではあるまいか」

「まさに、古流柔術と拳法を合わせたような技だ」

「まあ、捽角というのはこうして、出雲あたりでさかんに行なわれていたらしいという話だ。その技は、やがて、古代王朝の氏族たちに伝えられる。大伴《おおとも》氏、物部《もののべ》氏にも伝わった。そして、彼らと対立する蘇我《そが》氏にも伝わった。さらに、蘇我氏から源氏に伝わったのだ。特に八幡太郎義家《はちまんたろうよしいえ》の弟、源義光《よしみつ》は、この拳法をより実戦的なものにし、よろいの上からでも、拳で相手を殺す技を完成させた。こうして、捽角から一方では実戦的な拳法や柔術が、無数に枝分かれして育っていった。わが佐竹家に伝わったのは、言うまでもなく、この蘇我氏から源氏へと流れてきた実戦的拳法だ。ちなみに、蘇我氏も源氏も同じ騎馬民族だ。そして、佐竹という姓は、甲斐《かい》源氏直系の姓だ。もっとも、うちが直系でないことは確かだ。しかし、わが家にも源氏の拳法が伝えられた」

竜はうなった。どこまで信じていいかわからない話だ。

父はさらに言った。

「一方、捽角から、突く、蹴る、殴るなどの危険な行為を取り去り、競技として発達したのが、相撲だ。この相撲は、藤原氏系統に伝えられた。いわば、公式のスポーツ種目となったわけだな。藤原氏というのは唐《とう》の文化をバックボーンにしている。藤原の藤はトウと読む——つまりカラの国の唐と同じ意味だ。彼らは漢民族で、日本土着の文化をすべて中国風に変えてしまおうとした。そして、日本古来の強力な拳法を骨抜きにしようとしたのだな。相撲という文字も、法華経《ほけきょう》のなかから取ってあてたのだという」

竜は、その夜、夢を見た。ふたりの奇妙な恰好をした男が、砂浜で向かい合っていた。見たことのない男たちだったが、竜にはそれが建御雷と建御名方であることがすぐにわかった。

ふたりは、激しく手を取ろうとした。建御名方が先に相手の手を取った。彼は、しめたという笑いを浮かべた。

しかし、次の瞬間、建御名方は、逆手を取られて、投げ出されていた。

あわてて起き上がろうとしたところへ、鋭い突きがきた。まるで氷柱で突き刺されたような気分だった。

それでも建御名方は立ち上がろうとした。

「出雲はわたさん」

彼はうめいた。

とどめは、刃のような手刀だった。

建御雷は、眉ひとつ動かさずに、無力化した建御名方のあばらに手刀を打ち込んだ。

建御名方は苦しさに身もだえした。いつしか、建御名方は佐竹竜自身と重なっていた。

竜はもがき、くやしさに涙を流していた。

8

一カ月間、佐竹竜《さたけりゅう》は、父親の辰範《たつのり》にチェックを受けながら、みっちりと技《わざ》を磨き直した。辰範は、奥義《おうぎ》とされている禁じ手までも竜に伝授した。免許皆伝というわけだった。

竜は、その一カ月で、技についての覚え書きを作った。それは、大学ノート三冊にもおよんだ。

昔から古武術の世界では、巻物などが重視されるが、武芸家たちにとって、それよりも大切なのが、おのおのが作ったメモなのだ。「手びかえ」と呼ばれるこのメモこそが、虎の巻よりはるかに実用的でなおかつ詳しいマニュアルだったのだ。

父親は、納戸の奥から、カビくさい衣類一式を引き出してきた。

「おまえのじいさんが着ていたものだ」

竜は、その黒い装束を広げてみた。

上は、空手衣か剣道衣のような形をしている。綿でできていて、生地は柔らかかった。

下につけるものが変わっていた。空手衣や柔道衣のようなズボンではない。かといって剣道や合気道のような袴でもない。

いわゆる、指貫《さしぬき》という袴の細いもので、くるぶしのところでくくりがついている。上衣のすそは、袴のなかにたくし入れ、袴のすそを引きしぼる。

忍者の黒装束を思わせた。

辰範は言った。

「これが、源《みなもとの》角《かく》の正式な道衣だそうだ。もっとも、俺は着なかった。こんなもの着る必要はないからな。だが、おまえは大きな大会に出る。大勢の人の前に出るんだ。これを身につけて戦うんだ」

「源角という名前はどうも一般的じゃないいな。『佐竹流拳法』か何かを名乗るとまずいかな」

竜は尋ねた。

「おまえの好きにすればいいさ。俺が人前で源角を使うこともないだろう。おまえが宗家《そうけ》だ」

母親は、ひかえめにこう言っただけだった。「無理せずに、いつでも帰って来い」

竜は、妙に気まずく、そして、母親が気の毒に思えた。

自分は親不孝だと思った。

「だいじょうぶ」

竜は言った。「近いうちに……。新しい生活の目処《めど》が立ったらまた一度帰って来る」

佐竹竜は、ニューヨークへ旅立った。

七番街と八番街、三十一番ストリートと三十三番ストリートに囲まれた一画に建つ、円筒形の巨大な建物——世界中の人々が知っているスポーツの殿堂、マジソン・スクエア・ガーデンだ。

十一月十五、十六日の二日間、マジソン・スクエア・ガーデンは、一種異様な雰囲気に包まれることになった。

第一回国際格闘技オープン・トーナメントは、興行的にもまずまずの成果をおさめた。チケットは、ほぼ完売に近かった。

出場する選手たちの多様さが、世間の眼を引いたのだった。しかも、現役を退いたかつての人気ボクサーが、再起をかけてこの大会に出場したり、かつてのプロ・フットボール選手が、プロレス界のプロモーターたちに自分の値をつり上げさせようとして出場したりといったエピソードも、大衆の好奇心をそそったのだった。

予選は、四つのコートに分かれて、同時に始まった。

佐竹竜は出場選手の多様さに、半ばあきれ、半ば当惑していた。

空手の選手が一番多いようだが、空手といっても、流派が統一されているわけではないので、さまざまなコスチュームの連中がいた。

白い標準的な空手衣を着ているのは、むしろ少数派だった。

多くの選手は、派手な色の地に、大きなエンブレムやロゴマークを入れた空手衣を身につけている。

次に多いのは、マーシャルアーツと呼ばれるアメリカ格闘技の連中だ。

パンタロン型のパンツに上半身は裸だった。彼らは手にグローブをつけていた。

カンフーや、中国武術の連中も少なくなかった。

彼らのコスチュームも多種多様だった。

ボクシングの選手もいたが、正式なランキングボクサーは皆無だった。

夜の世界で、賭け金のために戦う裏のボクサーたちなのだ。

柔道着に短いトランクスをつけているのは、ソ連の格闘技、サンボの選手だ。

色鮮やかなパンタロンのスーツを着て、手にグローブをつけている選手がいた。ウォーミングアップをしている姿を見ると、足技が主の格闘技だった。それは、フランスの格闘技サファーデだった。別名、ソバットとも言う。

プロレスの技、ローリング・ソバットの語源となった格闘技だ。

その他、ストリート・ファイトしか知らないと思われるような選手もいた。

佐竹竜が驚いたのは、野戦服を着た連中が何人かいたことだった。プログラムを見ると、スペシャル・オペレーション・フォース・マーシャルアーツと書かれた選手が何人かいる。

グリーンベレーやブラックベレーといった陸軍特殊部隊、あるいはSEALと呼ばれる海軍特殊部隊が身につける格闘術のことだ。

彼らは、スポーツとしての格闘技ではなく、殺すためのテクニックを身につけ、この大会に参加してきたのだ。

こうした顔触れの豊富さに反して、いわゆる正統派を主張する格闘技の選手は、まったく出場していなかった。

世界の空手の正式な組織に所属する団体はひとつも参加していない。

柔道の選手の姿も見られなかった
剣道・相撲はもちろん、ムエタイ――タイ式ボクシングの選手や、韓国の跆拳道《テッコンドウ》の姿も見られなかった。

正統な格闘技――つまり、自分たちのルール内で戦う安全性を重視し、スポーツとしての普及・発展をも目指している格闘技は、この大会を敬遠しているのだ。

このトーナメントは、それほど物騒な大会だった。

佐竹は、大きな大会など出場したことはない。

客席は、異様な興奮でざわめいている。

その人の波すら、おそろしく見えた。

彼は対外試合における第一の敵につかまりかけているのだ。過度の緊張のために、心身ともに萎縮してしまいそうになっているのだ。このまま試合に出ても、持てる実力の三十パーセントも発揮できないだろう。スポーツ選手の経験のない佐竹竜はそのことに自分で気づかずにいた。

突然、後ろから肩を叩かれて、佐竹は、はっと振り返った。

明らかに過剰反応だった。目を大きく見開き、口もとの筋肉がゆるんでいた。

グレッグが立っていた。

「どうしたい、リュウ」

彼は、片方の頬に笑いを浮かべて言った。「ずいぶんぴりぴりしてるじゃないか。予選はまだ始まっちゃいないんだぜ」

言われて初めて佐竹は自分が緊張し切っていることに気づいた。

グレッグは、いきなり佐竹の下腹を殴った。

「ここに力を入れるんだよ。息が上のほうまで上がっちまってるだろう。呼吸を下まで降ろしてくるんだ」

言われなくても佐竹はそのことを知っていた。ただ、グレッグがいなければ試合までに思い出せないでいたことも確かだった。

佐竹はようやく余裕を持つことができた。

「放っときゃよかったって、後悔することになるぞ、グレッグ」

「心配するなって、三秒で楽に眠らせてやるよ。予選はブロックが別だ。決勝ブロックで会おうぜ」

「それまで残ることだ、グレッグ」

「こっちの台詞《せりふ》だぜ」

グレッグは、顔をゆがめて笑うと、別のコートのほうへ去って行った。

トーナメント開始がアナウンスされた。


佐竹竜が属している第三ブロックの試合はCコートで行なわれていた。

黄色い地に虎のマークをプリントした、袖なしの空手衣を着た選手と、ボクサーの試合が始まった。

空手マンのほうは白人、ボクサーは黒人だった。両者ともへビー級だ。

レフェリーの合図で、ボクサーは軽快に身をゆすりながらまえへ出て行った。

コートは、八メートル四方で、ロープは張っていない。ほぼ、空手の試合場と同じだった。開催者は、空手を中心にして大会ルールを考えたようだった。

空手マンは、じりじりと退がりながら右へ右へと回り込んだ。

ボクサーはグローブをつけている。空手マンはベアナックルだった。

空手をやる者は、蹴り技がある分だけ自分が有利だと考えがちだ。しかし、ボクシングにも足技はある。フットワークという名の足技だ。

このフットワークのことを忘れていると、ひどい目に遭うことを佐竹はグレッグたちの練習から学んでいた。

さらに、ダッキングなど、上体の動きでパンチを避けるテクニックは、空手家にとっては要注意だ。

空手家が蹴りを一発かわされたら最後、ボクサーは、少なくとも五発のパンチを打ち込むだろうと佐竹は考えた。

しかし、佐竹の予想は外《はず》れた。

アメリカの空手マンは、日本の空手家のような試合はしなかった。

右へ右へと回り込んでいたと思ったら、突然、床を蹴って宙に舞い上がった。

そのまま、踏み切った足を後方に鋭く振った。

意表を突く飛び後ろ回し蹴りだった。

黄色い空手衣を着た選手の踵《かかと》が、黒人ボクサーのこめかみに叩き込まれた。

ボクサーは、ダウンした。

カウント四つで起き上がったが、最初の軽快さはなくなっている。

空手家は、出て来るところを待ち受けるように、膝の数センチ上の外側に、重いローキックを振り降ろした。

ボクサーは、よろめきながらも、ジャブを繰り出してきた。

空手家は、ボクサーのボディを前蹴りでおさえた。手よりも足のほうが長い。パンチはとどかなかった。

前蹴りでバランスを崩させておいて、再びローキック。

さきほどと寸分違《たが》わぬところへ決まった。

ボクサーは崩れるように膝をついた。

二本目のダウンだった。

カウント七つ。

ようやく立ち上がったボクサーのガードが下がったのを見て、空手家は、思いっきりインステップして、上段に回し蹴りを放った。

ボクサーは三度めのダウンを奪われ、パンチのテクニックを披露することなく敗退した。

Cコート第二試合は、ちょっとした見ものだった。

片や光沢のあるブルーのパンタロンをはき、同色のグローブをつけたマーシャルアーツの選手。

その相手をするのは、陸軍の野戦服を着た男だった。野戦服の男は、小柄だった。百七十センチ前後しかない。

その体格は、腕自慢の選手たちに混じると、ひどく貧弱に見えた。彼は茶色の眼に、砂色の髪をしており、鷲鼻《わしばな》が特徴だった。一目でユダヤ系とわかった。

一方、マーシャルアーツの選手のほうは、見事に引きしまった体をしていた。身長は百八十センチ。体重は九十キロはあるだろう。

ふたりの体重差は三十キロほどありそうだった。

マーシャルアーツというのは、米海兵隊の格闘技を、プロスポーツ化したものだ。一方、ユダヤ系の男は、野戦服から見て、陸軍の格闘技で戦うのは明らかだった。

案の定、場内アナウンスでは、客の気分を盛り上げようと、そのことを説明していた。場内は沸いた。

レフェリーがふたりをコート中央に呼んで、ルールを確認している。

マーシャルアーツの選手は、ボクサーがよくやるように、相手を睨みつけている。十センチの身長差があるので、完全に見降ろす形になる。この段階で、彼は心理的に優位に立っていた。

一方、野戦服の男は、コートの床に視線を落とし、じっとレフェリーの説明を聞いていた。まったく闘志は感じられなかった。

ふたりが離れて、向かい合い、レフェリーが「ファイト」と試合開始を宣言した。

マーシャルアーツの選手は、アップライトスタイルで構えた。

野戦服の男は、膝を曲げ、両足を肩幅ほどに広げ、腰を折った前傾姿勢で敵を待ち受けた。

マーシャルアーツの選手は、ネズミをいたぶる猫に見えた。

彼は慣れたしぐさで、右ローキックから入って行った。

そして、左、右のワンツーへとつないだ。

野戦服の男は、右のストレートが伸びきる瞬間に動いた。

左手で相手の右手首を握ると同時に、うしろへ倒れ込み、さらに左足で相手の腹を蹴り上げた。

会場から溜め息がもれた。

変型の巴投《ともえな》げだった。

どんな形でも、投げが決まれば、ダウン一回と同じポイントが取れる。

野戦服の男は、たやすくダウンを奪ってしまった。

佐竹は、またしても予想をくつがえされた。

しかし、それだけでは終わらなかった。

マーシャルアーツの選手が床に背を打ちつけた瞬間に、野戦服の男は、さっと体を回転させ、右腕をかんぬきに決めたのだ。

すばらしい連続技だった。

一度相手をつかまえてからは、一瞬たりとも敵に反撃を許さなかった。

レフェリーは、関節技に入ったことを宣言した。

記録席で、タイマーが作動し始める。

マーシャルアーツの選手は、うつぶせに床におさえつけられたまま、身動きもできなかった。

完全にツボにはまった関節技だった。

無理に動けば、脱臼する。

記録席で、チャイムが鳴らされた。

三十秒たったのだ。

おさえ込み、あるいは関節技が決まってから三十秒維持できれば、テンカウントのＫＯと同じポイントを上げ勝利することができる。

野戦服を着たユダヤ系の男は、たった三十三秒で相手を倒した。

ショーアップすることを余儀なくされたプロスポーツと、実際に命をかけた実戦の違いだと佐竹は思った。

一見、闘志がないように見えたのも、実はポーカーフェイスだったことに気づいた。

佐竹は、野戦服の男を要注意人物としてチェックしておくことにした。

彼は、プログラムで彼の名を確かめた。

デービッド・ワイズマン。

佐竹は、その名を心に刻んだ。


Aコートでグレッグの試合が始まるところだった。

佐竹はCコートを離れて、その試合を見に行った。

グレッグの相手は、中国人だった。

レフェリーは、試合開始を宣言した。

とたんに、中国人は、矢継ぎ早に手足の技を繰り出してきた。

腕をムチのように使い、その速さと伸びは驚くべきものだった。

グレッグは、後退するしかなかった。

すでに、グレッグは数発の攻撃を顔面に受けていた。

佐竹は、その中国武術が北派に属する、通臂拳《つうひけん》と呼ばれる拳法であることに気づいた。

通臂拳は通背拳《つうはいけん》とも呼ばれ、肩を柔らかく使い、掌で打ちつけるのが特徴だ。

とにかくこの拳法はリーチが長い。肩をぐっと突き出すようにし、腕を大きく振るためだ。

さらに手数の多さは、他に類を見ない。

この中国人は、通臂拳だけでなく、少林羅漢拳《しょうりんらかんけん》もマスターしているようだった。

グレッグをコートのすみに追い込むと、畳み込むように拳を発し、次の瞬間、背を向けて高くジャンプした。

踏み切った足を内側に大きく振り回す。

ローリング・ソバットや、跆拳道の飛び後ろ回し蹴りとはちょうど反対の回転になる。

踵ではなく、あおるように、内側のくるぶしで蹴るのだ。

北派の中国武術独特の大技、旋風脚《せんぷうきゃく》だった。

グレッグは、その足の下をくぐった。

相手は、着地するやいなや、旋風脚を連続して放った。

グレッグは、大声を上げてかまわず飛び込んだ。

相手の膝のあたりが、グレッグの肩に当たった。グレッグにはまったくダメージはない。

逆に、相手の中国人が、後方にはじき飛ばされ、着地したとたんよろめいた。

グレッグは、思いきり腰を切って、充分にパワーの乗った回し蹴りを中国人の側頭部に叩き込んだ。

一発で終わりだった。

カウントを取るまでもなかった。ドクターが呼ばれ、グレッグのKO勝ちが宣せられた。

コートから降りてきたグレッグは、佐竹に言った。

「ばかやろう。ちゃんと、自分のブロックの試合を見ていねえか」

グレッグはまだ興奮状態にあるのだ。「どんな敵がいるか、しっかり見定めておくんだ。トーナメントは、一回負けりゃ、そこですべてが終わりなんだぞ」

佐竹がひとこと言い返そうとしたとき、うしろから肩を叩かれた。

振り向くと係員が言った。

「次の試合は、あなたです。用意はいいですね」

9

佐竹竜《さたけりゅう》は、トレーニングウエアを脱いだ。スウェットのトレーニングウエアの下から、黒い、源《みなもとのかく》角の正式な道衣が現れた。

佐竹は、その姿でコートへ上がった。

会場がどよめいた。

あちらこちらで「ニンジャ」という声が聞こえた。

佐竹の相手は、白人空手家だった。

こうしてみると、やはり、このトーナメントの出場者は、空手の選手が圧倒的に多い。

相手の道衣には見覚えがあった。

一度彼が道場破りに行った、白人ばかりの空手道場のユニフォームだった。

相手は佐竹のことを覚えているようだった。敵意をむき出しにしている。

佐竹は、向かい合ってからも、そ知らぬ顔で、上を向いていた。

レフェリーの説明が終わり、試合が開始された。

白人空手家は、ボクサーのように軽いフットワークで迫ってくる。

佐竹は間をつめられても退がらなかった。佐竹の拳法は、きわめて実戦的で、どんな間合いからでも反撃することができた。

空手家は、ローキックから入ってきた。

佐竹は膝を上げ、相手のすねに、膝を叩き込むような形で受けた。

相手は、相当な痛みをすねに感じたはずだ。それでもひるまず、インステップして、ジャブ、フック、クロスアッパーを、見事な早さで打ち込んできた。

佐竹は、クロスアッパーを小さなバックステップでかわした。

相手は、ワンツーのパンチから、上段の回し蹴りへとつないだ。

相手が回し蹴りの動作に入った瞬間に、佐竹の足が床を蹴った。

佐竹は、蹴りのインパクトのポイントよりはるか内側に入り、なおかつ、肩で、相手の大腿部《だいたいぶ》を押し上げるようにしていた。

相手はバランスを崩して後方へ倒れる。

それだけでもダウンを一回取ることができた。

しかし、佐竹はそれで満足しようとはしなかった。チャンスは最大限に利用しなければならない。

佐竹は、飛び込んでいって、倒れていく途中の相手の頭を、サッカーのボールを蹴るように、足の甲で蹴り上げた。

相手は声も出さず昏倒《こんとう》した。

すぐさまドクターが呼ばれ、タンカが用意された。

佐竹のＫＯ勝ちが宣せられた。

コートから降りて行くと、グレッグが露骨に嫌な表情で立っていた。

「危険な行為だ」

グレッグが言った。「あそこまでやらなくても試合には勝てるはずだ」

佐竹は、グレッグが、あまりに残忍なやり口を非難していることにようやく気づいた。

彼は眼をそらして言った。

「まだ加減がわからないんだ。練習とは勝手が違う」

「おそろしい男だ。そのうち、相手を殺しちまうぞ」

佐竹はうなずいた。

「気をつけるようにしよう。それより、自分のブロックのコートを離れるなと言ったのは、あんたじゃなかったか」

グレッグは、佐竹の顔を睨みながらゆっくりと背を向け、やがてＡコートのほうへ去って行った。

確かに勝つには勝ったが、後味の悪さが残った。

会場が急に騒がしくなって、佐竹は思わず四つのコートを見回した。

佐竹の道衣を見たときも、ニンジャを連想して客たちはざわめいたが、今度は、それよりもはるかに興奮していた。

佐竹はすぐに理由に気づいた。

佐竹と同じブロックのＣコートに、若い女性が姿を現したのだ。

きらびやかな刺繡の入ったカンフーのコスチュームを身につけている。

長い髪をうしろに結《ゆ》い上げている。

切れ長で黒眼がちの目を持った東洋人だった。色の白さが際立っていた。

身長は百六十センチ前後だが、引き締まったすばらしいプロポーションをしていた。

カンフー・スーツを大きく持ち上げている胸のふくらみや、形のいい腰は、確かに観客たちの賞賛に値した。

しかし、ここは美人コンテストの会場ではない。

屈強な男たちを相手に闘うには、そのなで肩や、細いウエストは、あまりに頼りなげに見えた。

佐竹は、唖然《あぜん》としてコートを見上げていた。

会場中の客がＣコートに注目して歓声を上げている。

佐竹は係員のひとりをつかまえて尋ねた。

「こいつはデモンストレーションか何かか」

「いいえ。れっきとした試合ですよ」

係員はそっけなく言った。

女性カンフーの相手はサンボの選手だった。

ソ連で生まれた、柔道とレスリングを合わせたようなこのスポーツは、技の多彩さにおいてトップクラスだ。

パンチや蹴りといった技こそないが、つかまえてから投げを打つまでのスピードはずばぬけている。その投げの種類もおそろしく多い。

さらに、投げた瞬間に関節技が決まっているといった技が多く、まるで魔法のような鮮やかさで相手を動けなくしてしまうのだった。

サンボの選手は、相手を見て当惑顔になり、レフェリーに何ごとかしきりに訴えていた。

レフェリーは、一瞬ためらったものの、首を振って、両選手に試合開始線の位置に立つように言った。

試合が開始された。

サンボの選手を相手にしたら、絶対につかまれないことだ。

指一本、衣服の一部でもつかまれたら、すぐさま投げられ、そのまま関節を固められてしまう。

サンボの選手は、まえかがみになってしきりに両手を動かし、相手を捕えようとしていた。

女性カンフーの上体がくるりとひねられた。ねじったゼンマイがはじけるように、しなやかに下半身が回転する。

すばらしいスピードの後ろ回し蹴りだった。空手のように踵で蹴るのではなく、外側のくるぶしで、相手のこめかみを狙うのだ。

サンボの選手は、顔をひっこめると、鍛え抜いた反射神経を発揮した。

目のまえをよぎって行った足をつかまえたのだ。

佐竹は、サンボの選手の動きを予想することができた。

軸足を払ってグランドに持ち込み、アキレス腱《けん》固めで決めるのだ。

しかし、女性カンフーの次の動きは、試合を見ているすべての人の意表を突いた。

残った足で、サンボ選手の顎《あご》を蹴り上げ、そのまま後方に空中回転をしたのだ。

佐竹はその身の軽さに驚いた。

サンボの選手は、ふらふらと後退した。

眼がうつろだ。一瞬、脳震盪《のうしんとう》を起こしたのだ。

女性カンフーは、着地すると同時に、サンボの選手に一気に詰め寄った。

彼女は、さっと両膝を開いて腰を落とした。馬歩《まほ》という立ち方だ。空手でいう騎馬立ちだ。てのひらを差し出し、サンボ選手の胸に当てがう。

彼女の片方の膝が勢いよく伸びて、腰が一瞬ひねられた。上体が波打つようにしなった。

彼女の手はほとんど動いたようには見えなかった。

しかし、そのてのひらで何かが爆発したような勢いでサンボの選手は後方に吹き飛んでいた。

そのまま彼はテンカウントのダウンを取られ、敗退した。

会場中が拍手と歓声、口笛で満たされた。

「発勁《はっけい》か……」

佐竹は驚きの表情で女性カンフーの姿を見つめていた。

佐竹の拳法のように、中国北派の武道にも筋力だけでは得られない、独得の破壊力を発揮する技法が伝えられている。それを発勁と呼んでいるのだった。

佐竹が「打ち」の奥義をマスターするのに二十年かかったのと同様、この発勁を習得するにも長い年月と厳しい修業が必要だという。

発勁を自由に使いこなすということは、中国武術の真の実力者であることを意味する。

敵を倒すために、拳、蹴り、投げ、関節技と、ありとあらゆる技法を駆使する中国武術の使い手となると、老若男女はまったく関係なくなってくる。

佐竹はプログラムで、女性カンフーの名前をチェックした。

李文華《リー・ウェンファ》——英名、マーガレット・リー。彼女は香港からの参加者だった。

二回戦で佐竹はフットボールの選手を相手にすることになった。

二メートル、百二十キロというこの怪物は、現役のフットボール選手だが、成績不振のため、契約切れを目前にしていた。

彼は、ある程度は顔の売れた選手だった。

現役のフットボール選手と「ニンジャ」の対戦ということで、会場は再び盛り上がった。

だが試合はあっけなかった。

牛のように突進して来る相手を、佐竹はすり抜けるようにかわした。

相手はあわてて振り向こうとした。

しかし、そのまえに、佐竹は、相手の膝の後ろを、半ば飛び上がるように反動をつけて蹴り降ろしていた。

フットボール選手の巨体がぐらりと傾いた。彼は右手を床につこうとした。

佐竹は、その手をさらに払い、背中にねじ上げた。

巨体が倒れた。

佐竹は、足で相手の肩をおさえ、手首を両手でがっちりと決めた。

関節技は、ポイントさえ間違えなければ、どんな怪力の持ち主をも手玉に取ることができる。

フットボール選手は、顔を床に押しつけられたまま動けなくなってしまった。

審判の「ホールド」の宣言から、そのまま三十秒過ぎた。「ニンジャ」が勝った。

各ブロックで八人ずつ、計三十二人が予選を通過した。

グレッグと彼のふたりの門弟、そして、佐竹がチェックした、ユダヤ系の野戦服の男、デービッド・ワイズマンと、香港の美女、マーガレット・リーのふたりもやはり予選を通っていた。

佐竹は、決勝トーナメントに残った顔触れを見渡して、妙なことに気づいた。

ショーアップされたプロ格闘技や、型式を重んじ過ぎる中国武術の選手はほとんど消えていた。

そして、野戦服を着た連中は意外にも、すべて予選を通過していた。

実戦経験の豊富な者とそうでない者の差が出たのか――佐竹は、そう考えていちおう納得した。

決勝トーナメントの抽選が行なわれて、一日めのスケジュールはすべて終了した。

セントラルパークの東、パーク・アベニューに位置するリージェンシー・ホテルは、

「よき昔に帰る」というテーマでデザインされた落ち着いたホテルだ。

ここのロイヤル・スイートの一室に、第一回世界格闘技オープン・トーナメントの役員が集合していた。

楕円形のテーブルを囲む役員は全部で八名いた。

そのうち、ひとりだけが別格だった。

彼が主催者であり、大会の委員長であり、そして何より重要なのは、大会運営費の出資者だということだった。

彼は、七人の役員たちから、尊敬をこめてミスタ・ゴールドと呼ばれていた。

ゴールドの年齢は六十歳前後。典型的な北方アーリア民族の顔立ちをしている。白髪に豊かな白ひげ。体格は、見にくくない程度に貫禄があった。

一見地味な黒っぽいウール地のスーツを着ているが、その上着だけでデパートのつるしのスーツを一ダースは買える値段だった。

彼は、派手なブランド物は一切身につけていない。

ワイシャツ、ネクタイから、靴、時計にいたるまで、すべて、彼が選び抜いた職人が彼だけのためにあつらえたものだった。

七人の役人は、本名は伏せられていた。

ミスタ・ゴールドから見て、右側にすわっている男は、シルバーと呼ばれていた。

以下、パープル、ブラウン、バーミリオン、グリーン、ブラック、そしてホワイトと続いた。

彼らは、手もとのファイルと、自分のメモを真剣に読んでいた。紙がこすれ合う音だけが、広い部屋のなかで聞こえた。

よく透るバリトンの声がした。

「さて、諸君」

ミスタ・ゴールドの声だった。「大会の予選は終了した。われわれは、すべての大会参加者を見終わったわけだが、果たして収穫と言えるほどのものがあったかどうか、正直な意見を聞かせてもらいたい」

七人の役員は、無言で顔を見合わせた。

シルバーと呼ばれる男が、ミスタ・ゴールドの代わりに誰かを指名しようと、一同を見回した。

彼は年齢が五十歳くらいのスマートな男だった。ミスタ・ゴールドと同じく北方アーリアン系の特徴を持っていた。眼は青く、金色の髪を持っている。

「ブラウン」

シルバーは言った。「どう思うかね」

ブラウンと呼ばれた男は、その名のとおり、茶色の髪に茶色の眼をしていた。ラテン系の男だった。

彼は、素早く肩をすくめると言った。

「確かにちょっと変わった連中が目立ちましたね。ただ、実戦となると、どうでしょうね……」

シルバーは続いて、パープル、バーミリオン、グリーンと指名した。

三人はブラウンと似たりよったりの意見を述べた。

シルバーは、眼をブラックに転じた。

ブラックは、黒い髪、そして黒い神秘的な眼をした東洋人だった。

「どうかね、ブラック」

ブラックは、静かに眼を上げた。

「野戦服の男たち」

彼の声には、どこか催眠術的な効果があり、人々は引きつけられた。「彼らのほとんどが勝ち残ったというのは、実に象徴的です」

「象徴的……？」

シルバーが皆の代表として尋ねた。

ブラックはうなずいた。

「つまり、この大会の本当の意図に合った選手が、ちゃんと勝ち残ったということですよ。

そのほか一般的な意見を言わせてもらえば、空手の選手のなかにも鍛え直せば、充分に使いものになる連中がいます」

「では、君は、この大会は成功だったと考えているのだね」

シルバーは、わずかに安堵《あんど》の表情を見せて尋ねた。

「成功か否かは、この大会を見るだけではわかりません。そのあとが大切なのです。でも私は、ミスタ・ゴールドの計画を成功させる自信があります」

シルバーは満足げにうなずいて、ホワイトを見た。

ホワイトは、アングロ・サクソン系だった。彼はこの席にいる誰よりも鮮やかな青い眼をしていた。髪は銀髪。

彼は、じっと自分の書いたメモを見つめ、眉根にしわを寄せていた。

やがて彼は、温かみのある青い眼を上げた。

「おもしろい人材が見つかりました」

彼はきっぱりと言った。

席上は、ひそひそとした声に満たされた。

ブラックは、無言でホワイトを見つめている。

ホワイトは言った。

「大会は大成功です。ミスタ・ゴールドの計画もうまくいくでしょう」

シルバーは、思案顔で訊《き》いた。

「ホワイト、それはどういうことかね、その、つまり……」

「私はもう人選を済ませたということですよ」

「決勝戦も見ずにかね」

「必要ありませんよ。予選の戦いっぷりを見れば充分です。決勝トーナメントは、イベントとしては一番大切な行事でしょうが、私たちの目的から言えば、単なるお祭りです」

「軽率に過ぎると思うが――」

ブラックが、全く姿勢を変えずに言った。「アイルランド人だからしかたがないと言えばそれまでだが」

ホワイトはゆっくりとブラックのほうを見て言った。

「なに、日本人が慎重すぎるのさ」

10

佐竹《さたけ》は、決勝トーナメントの第一回戦でぶつかった相手を見て驚いた。

名はトーマス・ハッチキンス、白人空手家。

佐竹がニューヨークで一番初めに腕だめしをした、白人だけの空手道場の師範をやっていた男だ。

佐竹は彼のことをそのときまで忘れ去っていた。

しかし、むこうはそうではなかった。

コートで向かい合うと、トーマス・ハッチキンスは佐竹に言った。

「あんたはニンジャだったのか」

彼の眼は興奮のためか、憎しみのためか、異様に光っていた。「うちの道場で使った技《わざ》はやはり空手などではなかったんだな」

佐竹は肩をすぼめた。

「その点は認める。だが、日本の一流空手家なら、あれくらいのまねは、造作《ぞうさ》もなくやっ

「私語はつつしむように」

レフェリーが言った。レフェリーは、あらためてルールの説明をした。相手が聞いているようがいまいがかまわないという態度で、早口でまくしたてる。

その後、ふたりは、試合開始線まで退げられる。

レフェリーが「ファイト」と叫んだ。

佐竹は、相手のトーマス・ハッチキンスが全米空手オープン・トーナメントの準優勝者だったということを思い出した。

ニューヨークで道場を構え、盛況だというのは、それ相当の実力があることを物語っている。

一門を持っているということで、プライドをかけて立ち向かってくるだろう——佐竹は今まで戦ってきた選手のなかで、最も手強いのはこのトーマス・ハッチキンスだと思った。

ハッチキンスは慎重だった。

彼はできれば、合わせ技——いわゆるカウンターを狙っていきたいと考えていた。

これはどちらかといえば、伝統的な日本式空手の戦いかただった。

しかし、佐竹も動かなかった。

レフェリーが、ふたりを試合線にもどして「注意」を与えた。もっと積極的にファイトするように、というのだ。

佐竹は心のなかで思った。

（この外国人のショーマンシップ的な考えかたが、柔道の試合をだめにしたのだ）

柔道のルールは細分化され、攻撃しないと、消極的と見なされ「教育的指導」を宣せられる。

しかし、佐竹は、最後の最後に切れのいい技を一本決めればいいという考えかただった。それまで相手の出かたをじっと観察し、いわゆる『しのぐ』ことも武道には必要なのだ。欧米人にはそのかけひきがわからない。

したがって、剣道の試合は年々見ごたえのあるものになっていくが、柔道はごろごろと畳の上を転がるだけの醜悪な試合に成り果てていく。

佐竹は、レフェリーに何度注意されても、自分から動く気はなかった。

体格の劣る者が、先にしかけていくのは、寸止めのポイント式ルールならば勝つチャンスもあるが、今回のようなフルコンタクトの試合ではきわめて危険なのだ。

その一点でアメリカ人のハッチキンスは不利だった。

彼は積極的にファイトしないことを罪悪と感じるのだ。

トーマス・ハッチキンスの両足が同時に床を蹴った。伸びのあるストレートで、いきなりポイントを狙ってきた。彼は、ストレートが決まれば確実にダウンが取れるという自信を持っているのだ。

佐竹は、バックステップしながら、ストレートを受け流し、その外側へ移動した。

すかさずハッチキンスは、後ろ回し蹴りを飛ばしてきた。

外側へ逃げた敵に出せる技は、回転技しかない。

佐竹は、わずかに上体をそらし、蹴りをやり過ごした。

その上体をもどす勢いを利用して、体をうねらせる。

ハッチキンスが蹴り足を着地させる瞬間、体の正面が佐竹のほうに向く形になる。

その一瞬を逃がす手はない。

佐竹は体のうねりを、掌底——てのひらの手首に近い位置に伝えた。

だが、ハッチキンスは、その掌底を無理矢理、上方から抑え込んだ。

空いている手を鋭くひるがえして、裏拳を佐竹の顔面に打ち込んだ。海兵隊で鍛えた見事な裏技だった。

鼻面をしたたか殴られて、佐竹は目のまえでフラッシュをたかれたような気がした。

やがてまばゆい光は、無数の星となって視界の四方へ散っていった。

床がゆっくりせり上がってきて、腰から下に力が入らなかった。

次に側頭部に激しいショックを感じた。

もう一度、視界のなかが真っ白に光った。

そのあと何もかもが、真っ黒になった。

ハッチキンスの上段回し蹴りだった。

気がついたとき、佐竹は、コートに倒れていた。

カウント七つめだった。

八つめのカウントを聞いて佐竹は身を起こした。一瞬、方向がわからなかった。

レフェリーは九つまでカウントして、佐竹の眼をのぞき込んだ。

「やれるか」

「もちろんだ」

そうは言ったが、佐竹は足もとがおぼつかなかった。

レフェリーが試合続行を宣したとたん、ハッチキンスは勢いよく前進してきた。

佐竹は、まだ頭がはっきりしていないのと、ダウンを初めて取られたショックとで、正常な判断力を失っていた。

攻撃されたら、まっすぐ退がってはいけないという鉄則を、彼は破ってしまった。

ハッチキンスは、重いローキックを、佐竹の膝上外側の急所に叩き込んだ。

たまらず佐竹は、膝をついた。

そこでダウンを取られた。

しかし、ハッチキンスの勢いに乗った攻撃は止まらなかった。

ローキックからワンツーのパンチへとつないだのだ。

佐竹は、ストレートを顔面に受け、ついに鼻血を出し、あおむけに倒れた。

レフェリーは過剰攻撃の注意を与えたが、連続攻撃だったため、ある程度の不可抗力を認め、ハッチキンスに反則負けを宣言することはしなかった。

今回佐竹は、意識ははっきりしていたが、痛みのために、心がなえてしまいそうだった。

レフェリーはカウント四つまで数えた。

あと一回ダウンすれば、佐竹の負けだ。

ハッチキンスの動きに余裕が出てきた。

佐竹は、すっかりおとなしくなってしまった。不安と恐怖が心を占領し始める。こうなると、冷静な判断力などまったくなくなってしまう。

ハッチキンスは、ワンツーからクロスアッパー、さらに上段の回し蹴りから後ろ回し蹴りと一気に攻めかかった。

佐竹は辛《かろ》うじてそれをかわしていた。

反撃を狙った余裕のあるかわしかたではない。ただ逃げ回るといった恰好だった。

パワーに押されているのだ。

ハッチキンスの攻撃がとぎれたところで、ふたりはまたじっと対峙《たいじ》した。

そのとき、佐竹は歓声とは別のはっきりとした声を聞いた。

「サタケ。君の力はそんなものか――」

決して大きな声ではなかった。

しかし、コートに立ってみると、意外に叫び声よりも、そういう声がよく聞こえるものなのだ。

佐竹にとっては聞き覚えのない声だった。

不思議なもので、佐竹はそのひとことで、はっとし、急に落ち着いてきた。

佐竹は、乱れていた構えを正した。さらに、ハッチキンスとの間合いを測り直した。

冷静になってみると、やはり間合いは近かった。ハッチキンスの攻撃の間合いに入っていたのだ。

佐竹は、相手に気づかれぬように、少しずつ、後退した。ミリ単位でじりじりと足を動かしていく、約五センチ退がったところで、彼は止まった。

ハッチキンスは再びローキックを飛ばしてきた。彼は自信を持って蹴りを打ち込んできたのだ。

しかし、佐竹がわずかに右にステップすると、ローキックは空《くう》を切った。ハッチキンスは錯覚を起こしたのだ。佐竹が五センチも退がったことに気がつかなかったのだ。

たった五センチが一瞬の勝負では命取りになる。間は魔だというのは武道家なら誰でも知っている。しかし、フルコンタクト系のアメリカン・カラテを学んだハッチキンスは、そんなことを考えたこともなかった。

佐竹は、ハッチキンスのローキックがフォロースルーの状態にあるうちに、床を蹴って小さくジャンプした。

そのまま、着地したハッチキンスの脚の膝裏を踵で蹴り降ろした。

同時に、襟首をつかみ、後ろに引いた。

ハッチキンスの巨体は、おもしろいようにあおむけに倒れてきた。

落ちてくる後頭部に、佐竹は、左右の膝蹴りを続けて叩き込んだ。

ハッチキンスは昏倒して、ドクターが呼ばれた。

佐竹の見事な逆転勝ちだった。

コートを降りるとき、この逆転のきっかけとなった声をかけてくれたのは誰だろうと考えた。

佐竹は、周囲を見回した。

満足げにほほえむ青い眼の男と視線が合った。

驚くほどに青い眼だった。

その男は、眼をそらすと人混みのなかに消えていった。

ホワイトは会場のすみで、ブラックが近づいてくるのに気がついた。

ブラックはホワイトに言った。

「役員が特定の選手を応援するのは考えものだな」

「あのサタケという日本人の試合のことかね」

「何人《なにじん》であろうと関係ない」

日本人のブラックは冷たく言い放った。「それにサタケの試合という見かたも間違っている。あれは、あくまでサタケとハッチキンスの試合だ。違うか」

ホワイトは肩をすぼめた。

「君の言うとおりだ」

「あんたが、声をかけなければサタケは負けていたかもしれないんだ」

「だが、彼は勝った」

「あんたは、故意にサタケを勝たせようとしたとしか思えない」

「そうだよ、いけないかね」

ホワイトはあっさりと言ってのけた。「言っただろう。私は、もう人選を終えている、と。私たちは、スポーツ大会の役員ではない。目的はほかにある。それを忘れて、妙に、公平ぶらないことだな」

ブラックは、鋭くホワイトを見つめた。

ホワイトは、眠たげな半眼《はんがん》で平然としている。

ブラックは、さっと眼をそらすと歩き去った。

決勝トーナメントは、二回戦まで四つのコートに分かれて行なわれた。二回戦を終えて、ベスト・エイトが出そろうと、Ａコートのみで競技が進められることになっていた。

第一回戦で苦い経験をした佐竹は、二回戦は気を引き締め、慎重に黒人の空手家を倒した。

「やるもんだな」

グレッグがやってきて佐竹に言った。

「今、僕が倒した相手――ありゃ、あんたの仲間じゃないだろうな」

グレッグは肩をすぼめた。

「知らん顔だ。何でもウエストコーストのやつらしい。俺にゃ関係ない」

「ベストエイトには残ったんだろうな」

「残った。だが、俺だけだ。マイクとゲーリーは消えちまったよ」

「そうか」

「あんたはとんでもない甘ったれだから、はっきり言っておくが、サタケ」

グレッグは、ぐっと顔を近づけた。「もし俺があんたと当たっても、俺は手加減などしないからな。あんたもそのつもりでいてくれ」

「もちろんだ、グレッグ。僕だって負けるわけにはいかない。このトーナメントには、僕の新しい生活のすべてがかかっているんだ」

グレッグは、顔を近づけたまま、片方の頬だけを動かして笑った。

「できれば、決勝で会いたいな」

彼はさっと背を向けて、落ち込んでいるふたりの仲間のもとへ去って行った。

スポーツの試合というのは不思議なものだ。人間のあらゆる感情を刺激するのだ。屈強な男を、たやすく傷つきやすい人間に変えてしまう。試合に負けた人間は、例外なく、ひどく落ち込んでしまうのだ。

佐竹は、グレッグの仲間たちのしょげかえった様《さま》を見て、それを痛感していた。

ベストエイトの顔触れが発表になった。

グレッグを含めた空手の選手が二名。野戦服を着た連中が三人。ヘビー級ボクサーがひとり。そして、マーガレット・リーという女性カンフーと、すっかり「ニンジャ」として人気者になってしまった佐竹の三人だった。

グレッグは、ヘビー級ボクサーと戦った。

ボクサーのフットワークは軽く、パンチは鋭かった。

ボクシングのあらゆるテクニックを自分のものにしている。

しかし、グレッグはボクサーを相手にするのに慣れていた。役者が一枚上なのだ。グレッグは、徹底的にローキックを多用して、相手のフットワークを鈍らせ、上段の回し蹴りでとどめを刺した。

佐竹は、野戦服を着た男たちのひとりと戦った。

その男は、ひどく冷たい眼をしていた。

佐竹は思った。これが、実際に何人も人を殺し、また仲間を殺された人間の眼なのだろう、と。

実戦慣れしている特殊部隊の経験者に、まともな戦いかたは通用しないと佐竹は考えた。

彼は向かい合うなり、すたすたと相手に近づいていった。

相手は驚いて、腰を低くたもったまま、思わず後ずさった。

佐竹は、かまわず近づいていった。

いきなり、野戦服の男は、蹴りで佐竹の水月《すいげつ》――鳩尾《みぞおち》の急所を狙ってきた。

素直な蹴りではない。

ひねりが入った、前蹴りと回し蹴りの中間――いわゆる「三日月蹴り」だった。

佐竹は、くるりと相手に背を向けると、両手を床についた。そして、まるであばれ馬のように、両足を跳ね上げたのだ。

佐竹の両足は、野戦服の男の胸にヒットした。

空手にはない技だった。見た目はあまり恰好よくないが、威力のある技だった。プロレスのドロップキックよりは実用的だ。

野戦服の男は激しく後方に弾《はじ》き飛ばされ、あやうく尻もちをつきそうになった。そうなれば、ダウンを一回取られてしまう。

佐竹は、相手の体勢がまだ整わないうちにすり足で素早く近づいた。

その状態で「打ち」を放てば、確実に決まる。

だが、相手は体勢を崩しながらも、佐竹の道衣の肩と腕を強引につかみ、右横から後方に向かって投げた。

柔道の横捨身投《よこすてみなげ》の変型だった。

佐竹は、相手の投げにさからわず、自分から、大きく飛ぶように床を蹴った。

そうすることで、投げによる宙の弧は大きくなり、受け身を取りやすくなる。

佐竹は、猫のように、宙で身をひねり、手足を床についた。

ダウンは取られなかった。

野戦服の男は、着地したばかりの佐竹に、再び蹴りをあびせてきた。

ちょうどローキックの位置に佐竹の頭があった。

佐竹は両手をついたまま、さらに頭をひくくすると、左足を鋭く伸ばした。

左足の踵《かかと》は、相手の軸足の膝に激しく当たった。

野戦服の男は、今度はあっけなくひっくり返った。

レフェリーは、ダウンを取った。
開始線にふたりは戻り、試合は続行された。
突然、佐竹は飛んだ。
右足で踏み切り、その右足を高々と振り上げた。
太刀を振り降ろすように相手の肩に足を落とす。踵が、相手の鎖骨《さこつ》にくい込んだ。
この蹴りも空手にはない。
跆拳道には「脳天割り」という似たような蹴り技があった。
相手は、佐竹のあまりに唐突な動きに、反応することができなかった。
佐竹の踵を肩にくらって、野戦服の男は、体をひねって、苦悶した。
レフェリーが止めに入った。
レフェリーは、野戦服の男の肩を調べ、ドクターを呼んだ。
鎖骨が折れていた。
佐竹はテクニカル・ノックアウト勝ちを宣言された。
コートから降りるとき、佐竹は、グレッグと眼が合った。
佐竹は眼をそらした。
(また、やり過ぎたのだろうか)
ふと、そう考えた。

準々決勝戦が終わった。

ベスト・フォーへ進出したのは、空手のグレッグ、「ニンジャ」の佐竹、野戦服のデービッド・ワイズマン、そして、女性カンフーの李文華《リー・ウェンファ》――マーガレット・リーだった。

グレッグがマーガレット・リーと対戦し、佐竹は、デービッド・ワイズマンと戦うことになった。

11

グレッグは、マーガレット・リーを相手にして攻めあぐねていた。

彼は、まさか彼女が準決勝まで勝ち進んで来るとは考えていなかったのだ。

もちろん、これまで女性を相手に戦った経験などなかった。

(ハンディーをつけるべきだ)

彼は考えていた。(そうすれば、こっちだって思いきり攻撃できるんだ)

グレッグが動かないと見た李文華《リー・ウェンファ》――マーガレット・リーは奇声を発し、一気に攻めかかった。

試合を見つめていた佐竹《さたけ》は、その矢継ぎ早の息をもつかせぬ猛攻に中国拳法のひとつの特徴を見て取った。

日本の武道のような間や決めよりも、とにかく、手足を次から次と繰り出し、隙を作らせてそこを突くのだ。

グレッグは何発か拳を受けていた。

彼はじりじりと後退するしかなかった。

突然、マーガレット・リーの右足が宙に大きく弧を描いた。外側から内側へ勢いよく回された足がグレッグの顔面をとらえた。

次の瞬間、彼女は、さっとかがみ込んで床に両手をついた。その姿勢から、右足で床に円を描いた。彼女の踵《かかと》が、グレッグの両足を見事に払った。後掃腿《こうそうたい》という強力な足払いの技《わざ》だった。

佐竹は、その姿勢は、自分の拳法に通じるものがあると感じていた。

グレッグは、あおむけにひっくり返った。すんでのところで後頭部を打つところだった。彼は、生まれ持った反射神経で、首を前に突き出し、それを避けていた。

グレッグは、跳ね起きようとした。

それをマーガレット・リーの掌底打ちが待ち受けていた。

彼女の掌底は、カウンターでグレッグの顔面に決まった。

グレッグは、ふたたびあおむけに倒れた。

ダウンを取られた。

グレッグは、レフェリーのカウントを聞いていた。

カウント・エイトで立ち上がった。

ダウンを取られたら、カウント・エイトまで寝ているものだ――グレッグは、ボクシングの世界でそう言われていることを知っていた。

彼は、ダウンを取られたことで、余計な情けを捨てることにした。

男に混じってこんな大会に出場するからには、それ相当の覚悟をしてきているはずだ──彼はようやくそのことに気づいたのだ。

試合開始線にもどり、試合が続行される。

グレッグは、マーガレット・リーに対してほぼ真横を向いた。膝を曲げ、小刻みにジャンプを始める。

マーガレット・リーは、にわかに慎重になった。

グレッグの迷いがふっ切れたことに気づいたようだった。

グレッグは、一瞬、彼女が守りに転じたように感じた。

彼が、ステップしたのはその瞬間だった。きれいな足刀が、彼女のボディに入った。

グレッグはさらに、畳み込むように、よろよろと後退するマーガレット・リーを追い、ローキックを決めた。

マーガレット・リーはそのローキックの一撃でダウンした。

彼女は何とか立とうともがいた。

しかし、カウント・テンを聞くまで、ローキックを見舞われた足はいうことをきかなかった。

グレッグは、彼女から眼をそむけるように礼をして、コートを降りた。

佐竹は、コートに上がったとたん、はぐらかされたような気分になった。野戦服を着たデービッド・ワイズマンという男には、まるで戦おうとする意志などないように見えたのだった。

彼は、まるで散歩の途中で出会いでもしたように、佐竹にうなずきかけると、それきり視線を合わせようとしなかった。

年齢は三十五歳ぐらいだった。スポーツ選手としては盛りをとうに越している。デービッド・ワイズマンは、ベテランの兵士が状況説明《ブリーフィング》を受けるように、リラックスしきった態度でレフェリーの注意を聞いていた。

レフェリーが話し終わると、さっと佐竹に背を向けて試合開始線の位置まで退がった。

佐竹は、とにかく、前回戦った野戦服の男と同じ作戦でいこうと思った。

どう見てもワイズマンは、まともな戦いかたをするタイプには見えない。

レフェリーが試合開始を告げた。

佐竹は構えたまま、動かなかった。少なくとも相手にはそう見えたはずだ。

しかし、実際には少しずつ間をつめたり、離れたりを繰り返していたのだった。

武道の立ち合いでは、止まったほうが必ず負けるとされている。達人は絶えず動いている。たとえ、その動きが普通の人に見えないくらい小さくても動き続けているものなのだった。

デービッド・ワイズマンは、陸軍式に構えた。

膝と腰を曲げ、前傾姿勢をとった構えだ。

その眼には、あいかわらず闘争心のかけらも見出せなかった。

佐竹は、先に攻撃に出た。

両足で床を蹴ると、そのまま低く飛び込んで、左右の打ちを放った。

武道に先手はなく、技はすべて相手の攻撃を受けたりかわしたりする動作から始まっているとよく言われる。

しかし、実戦では事情は変わってくる。

先手を取ることはひじょうに大切なのだ。

ワイズマンの体がゆらりと動いた。

そのまま彼の姿が佐竹の視界から消えた。

しまった、と佐竹は思った。

ワイズマンは、身を床に投げ出し、両足で佐竹の足を前後からはさんでいた。

柔道や空手で言う「蟹《かに》ばさみ」だった。その自然な動きはまったく見事だった。

佐竹は腰から床に落ちた。

そのままワイズマンの体がするすると動き佐竹の右腕にからみついた。

ワイズマンの両足は、佐竹の右腕をはさみ、なおかつ、胸と肩を固めている。

さらに、両手で佐竹の右手首を決めていた。

完全な十字固めだった。

ワイズマンの動きは、サンボだった。彼は、打突《だとつ》系の格闘技だけでなく、投げ技、関節技にも通じていたのだ。

そして、投げ技と関節技で最高レベルの格闘技といえば、サンボなのだ。

レフェリーは「ホールド」を宣告した。

記録席のタイマーが動き始める。

佐竹は固め技をかけられた経験が少なかった。固め技、関節技が、力ではどうしようもないことを痛感した。

動こうとするたびに、肩や肘《ひじ》、手首に、激痛が走るのだ。力を入れることは苦痛を感じることを意味する。

左手も、足もワイズマンにはとどかない。

タイマーはどんどん進んでいく。残り時間は十五秒を切った。

佐竹は、どこかの関節を痛めるのを覚悟の上で、ひとしきり動いた。

肘の内側に、異様な痛みを覚えて、彼は思わずあえいだ。靭帯《じんたい》が伸びてしまったのだ。

彼はぐったりと五体の力を抜いた。

タイマーが視界に入った。

もう十秒残っていない。

佐竹は、無意識に頭をもたげ、口を大きくあけていた。彼の本物の闘争本能が呼び醒《さ》まされた。

彼は、ワイズマンの足に嚙《か》みつこうとしているのだった。

そのときの佐竹に計算や作戦などまったくなかった。

突然、ワイズマンの十字固めがゆるんだ。

佐竹は、その一瞬のチャンスを見逃さず、右腕を引き抜いて、立ち上がった。

ワイズマンは、掛け値なしの戦士だった。

彼は、本能的に佐竹の意図を察知して、体をはなそうとしてしまったのだった。

ルールのある試合でなく、命をかけた実戦に慣れてしまっているのだ。

ワイズマンもすぐさま立ち上がった。

タイマーは二十八秒で止まっていた。

レフェリーはふたりを試合開始線までもどした。

佐竹は、正式にダウン一つを取られたことを宣告された。

試合が続行される。

佐竹は、ワイズマンの飄々《ひょうひょう》とした表情の陰にひそむ、おそろしい本性を見抜いた。

この男は、まるで世間話をするような顔で人を殺すことができる――佐竹はそう思った。

佐竹は、決勝トーナメントの一回戦で当たった白人の空手師範、トーマス・ハッチキンスがこれまで最も手強《てごわ》い相手だと思っていた。

しかし、このデービッド・ワイズマンに比べればハッチキンスなど子供に等しかった。

実際に人を何人殺してきたかという問題なのだった。潜在的に殺すだけの力を身につけているというのとは別問題なのだ。

ワイズマンの茶色の眼に、危険な光が一瞬またたいた。

来る！

佐竹はそう思ったとたんに反応していた。

彼は飛び込むと同時に、強烈な打ちを三発連続して発していた。

だがワイズマンは前に出たのではなかった。

佐竹の動きを読んで、バックステップしていたのだった。

佐竹が三発めの打ちを発した瞬間、その左手をワイズマンが握った。

彼はそのまま引き込んで投げ、再び固め技へとつなぐ体勢に入った。

佐竹は、逆らわずに左手を引かれていたが、ワイズマンが右手を取りに来る瞬間に、左手首を返して握りを外《はず》した。日本の古武道系は、この「外し技」が特色のひとつだ。

ワイズマンと佐竹の距離は三十センチもなかった。

近すぎて、パンチや蹴りによる有効打は望めない。

しかし、佐竹の「打ち」にとっては充分な距離だった。

佐竹は、外した左手をそのままぴたりとワイズマンの胸の中央に当て、その瞬間に体をうねらせて打った。

不思議な光景だった。手を当てがわれただけに見えたワイズマンの体が、鈍い大きな音とともに、二メートルほど後方に弾《はじ》き飛ばされた。

ワイズマンはあおむけにひっくり返った。

レフェリーはワイズマンのダウンを取った。

そのとたんに佐竹は右腕のいやな痛みを意識した。伸ばしてしまった肘の内側の靱帯はそうとうに悪そうだった。

夢中で動いている間は痛みはあまり感じない。

だが、こうして止めが入って一段落すると、右腕をほとんど動かせなくなっているのに気づいた。

試合は続行された。

ワイズマンはいっそう無表情になっていた。

このトーナメントで佐竹が出合う初めてのタイプだった。他の誰もが一度ダウンを取られると闘志をむき出しにしてくるのだ。

ワイズマンが予備動作なしにいきなり飛び蹴りを見せた。

飛び蹴りは、自ら墓穴を掘ることが多いと言われている。しかし、意表を突いたときはきわめて有効な大技だ。

佐竹は、落ち着いて着地の瞬間を狙って蹴りをやりすごした。

ワイズマンが着地する。

佐竹は、さっと腰を落とし床に両手をついた。そこから、右の踵を突き出す。

その踵がワイズマンの着地した足を蹴り飛ばした。

ワイズマンは、倒れた。

しかし、その倒れ込む位置が佐竹の予想に反していた。

ワイズマンは、伸びた佐竹の右足の上に倒れ、同時に肘を落としていた。

佐竹は右膝の脇にワイズマンの全体重をかけた肘打ちをくらったのだ。

佐竹は、そのまま床に崩れ、苦悶した。

ワイズマンはさっと立ち上がった。

ワイズマンではなく、佐竹のほうがダウンを宣せられた。

レフェリーのカウントが始まる。

右足のダメージは大きかった。

佐竹は、うめきながら、カウント・エイトまで聞いた。

彼は立ち上がろうとして、両手をついた。

そして叫び声を上げそうになった。

右腕に鋭い痛みが走ったのだ。そのまま右腕は力なく折れ曲がってしまった。

佐竹の体は再びコートに崩れた。

その瞬間、彼はレフェリーのカウント・テンを聞いた。


選手控室のベンチに横たわり、腕と足の治療を受けた。付きそう人は誰もいなかった。

負けるというのは、こんなにあっけないものなのかと佐竹竜《りゅう》は考えていた。

「しばらくは動かさぬように」と言い置いてドクターと看護婦は控室を出て行った。

部屋のなかには佐竹以外誰もいなかった。

敗退して、さっさと帰ってしまった選手もいれば、客となって気楽に試合見物する側に回った選手もいる。

そして、会場に残っている誰もが決勝戦に釘づけになっているはずだった。

佐竹は、部屋のドアが開く音を聞いた。

誰かが入ってくる気配がした。

佐竹は入口のほうを見ようとしなかった。

敗北感に打ちひしがれていた。自己嫌悪と応援してくれた人への恥ずかしさ——試合に負けるというのは、こんなにもいやなものなのかと彼は考えていた。

足音が佐竹の寝ているベンチの脇で止まった。

そのときになってようやく佐竹は頭を巡らせて、部屋に入って来た人間を見た。

佐竹はその男の顔を覚えていた。

ガラス細工のように青い眼は印象的だ。

佐竹は、起き上がった。身動きすると、右肘の内側と、右膝の脇がひどく痛んだ。

「見事な戦いぶりだったよ」

青い眼と銀髪の男は言った。

「でも、負けました」

佐竹は言った。

「そうだな……。私の名はホワイト。大会の役員をしている」

「試合の最中、僕に声をかけてくれましたね」

「ああ、そのとおりだ」

「なぜです」

「君の格闘技に興味を持ったからだ。君はニンジャだということで話題になっているが、本当にそうなのかね」

「僕が着ていた黒装束のせいでしょう。僕はニンジャなどではありません。僕の格闘技は、日本の古い武術で、わが家に代々伝わっているものです」

「日本の古武術は形式的なものが多いと思っていたが、君が使った技はすべてきわめて実戦的に見えた」

「実戦的でなおかつ威力があります。でも、あの野戦服の男には勝てなかった」

ホワイトは、腕組みして一度視線を落としてうなずいた。

再び佐竹を見ると尋ねた。

「どうしてだと思うね」

「実戦経験の差だと思います。あの男は、おそらく何度も死線をくぐり抜けてきたのでしょう。こちらは、実際に命をかけて戦ったことなどないのです」

「なるほど――」

ホワイトは満足げにうなずいた。「ところで、君は、このトーナメントで優勝したのちは、どうするつもりだったのだね」

「ニューヨークで、道場を開くつもりでした。今の僕はすべてを失いました。この大会の準備のため、会社も辞めたのです」

ホワイトは思案しながら佐竹の顔を見つめていた。

「仕事がないというわけか」

佐竹がこたえようとしたとき、会場のほうで歓声が上がるのが聞こえた。

「どうやら優勝者が決まったようだ」

ホワイトが言った。

佐竹は何も言わなかった。

ホワイトは、話題をもどした。

「どうだね。私が君に仕事を提供しようじゃないか」

「え……」

「ただし、ちょっとばかり熟練と度胸を要する仕事なんでね。正式に給料がもらえるようになるまで、訓練を受けてもらうことになるがね……」

「どうしてあなたが、僕に……」

「言ったろう。私は、君の格闘術に興味を持ったのだ」

佐竹は力なく首を振った。

「せっかくですが、僕はあくまで、このニューヨークで道場を開きたいんです。それが、夢なんですよ」

「話し合う余地はあると思う」

「どういう意味ですか」

「君の格闘術を生かせる仕事だ。道場については、私も考えてみよう」

佐竹はホワイトが何を言おうとしているのかわからなかった。

ホワイトは言った。

「明日の午後三時まで、私は、リージェンシー・ホテルにいる。話だけでも聞きに来てくれないだろうか」

佐竹は曖昧《あいまい》にうなずいた。

「気が向きましたら、うかがいます」

「待っているよ」

ホワイトは出て行った。

ほとんど入れ違いに、グレッグがふたりの門弟といっしょに控え室に飛び込んできた。

「やったぞ、サタケ」

グレッグは、拳を突き出し、何度もガッツポーズを取った。「あの陸軍野郎をやっつけたんだ」

「ほんとか、グレッグ。優勝したんだな」

佐竹は目を見開いて見せた。

「優勝だ。立派な道場を開けるんだ」

「かたきを取ってくれたんだな、グレッグ」

言いながら佐竹は割り切れないものを感じていた。

どうして、あのデービッド・ワイズマンは、グレッグに負けたのだろう――佐竹は、本当にそのことが不思議に思えた。

12

佐竹《さたけ》は、タイムズ・スクエアの北側にある安ホテルで一晩考えぬいたすえ、リージェンシー・ホテルにいるホワイトを訪ねることにした。

フロントで部屋を尋ねると、受付の男は、やけに丁寧に応対し、案内にボーイまでつけてくれた。

一般の客にはここまでサービスはしない。

佐竹は、ホワイトがホテルにとって大切な客であることを知った。

午後一時ちょうどに、佐竹はホワイトの部屋をノックした。

ホワイトは、あたたかい笑顔で佐竹を迎えた。

佐竹は部屋に入って驚いた。

部屋には先客がふたりいた。

デービッド・ワイズマンと、マーガレット・リーだった。

「出直しましょうか」

佐竹はホワイトに言った。「お客さんのようだから……」

「いや、けっこう。かえって手間がはぶけたよ。このおふたりには、これから君にするのと同じ話をした。まだ、おふたりから返事はもらってないがね……。三人が、もし、私の申し出に対してイエスと言ってくれたなら、君たちは、チームメイトということになる」

佐竹は、ソファに並んで腰かけているワイズマンとミス・リーを見た。

ワイズマンはノーネクタイで、チェックのスポーツジャケットを着ていた。

ひかえめだが趣味の悪くない服装だった。

佐竹は、マーガレット・リーから視線をそらすのに苦労した。吸い寄せられるような魅力があった。

長い髪は、試合のときと違って背に垂らしている。

化粧が端整な顔のつくりを一段と引き立てていた。瞳にうるおいがあり、美しく輝いている。

ウエストが引きしまった光沢のある生地のワンピースを着ているが、どこにも余分な肉はなかった。

それでいて胸と腰は豊かだった。タイトなワンピースのすそから流れるふくらはぎの線は優雅そのものだった。

マーガレット・リーの美しさは、ほとんど妖《あや》しさすら感じさせた。

佐竹には彼女の年齢がまったくわからなかった。

試合会場で見たときは、はつらつとした若さを感じ、十代にも見えた。

今、部屋のなかで適度にくつろいで見える彼女は、すべてを知り尽くした女という感じだった。

化粧は決して濃くない。しかし、ルージュが似合い過ぎていると佐竹は感じた。

ふたりは無言で佐竹を見返していた。

値踏みするような眼つきだった。

「まあ、かけてくれ」

ホワイトは、空いていたソファを指し示した。

そのソファは、ワイズマンたちが腰掛けているソファと直角に置かれていた。

佐竹は、言われるままに腰を降ろした。

ホワイトは、ブリーフケースのなかから、きれいにタイプされた紙の束を取り出した。

それを佐竹に渡すと言った。

「その第一ページを見てくれ」

佐竹は言われたとおりに、英文を読み始めた。

ホワイトは話し始めた。

「そこには、一九八七年七月六日に世界で起きた主な紛争事件がリストアップされている。

別に八七年の七月六日という日に意味があるわけじゃない。ランダムに日を設定して、ある通信社のコンピューターからデータをはじき出してもらったんだ」

その日一日で、八十一人がテロによって殺されていた。

フィリピンでは、白昼、マニラ近郊パテロスで共産系ゲリラとみられる四人組が元警官ら二人を射殺していた。

インド・パンジャブ州の国境地帯では、インド国境警備隊とパキスタン・レンジャー部隊が十六年ぶりに銃撃戦を行なっている。

また同じくインドのパンジャブ州で、シーク教徒がバスに乗ったヒンズー教徒四十人を殺害した。

スリランカでは、早朝、ジャフナ半島の政府軍基地を、タミール人過激派「タミール・イーラム解放のトラ」が襲撃、政府軍兵士二十七人を殺害した。

ペルシャ湾では、イラク軍機がギリシャのタンカーをミサイル攻撃している。

レバノン、午前九時――イスラエル国境近くの村をイスラエル軍兵士とヘリコプターが攻撃、イスラム・シーア派「ヘズボラヒ」の六人が死亡。

西ドイツ、午前五時半――南部のラールにあるカナダ軍基地で、燃料タンクが炎上。外部からの破壊工作と見られている。

フランス、午前一時――バイヨンヌ近郊で三件の爆弾テロがあり、ひとりの市民が死亡した。バスク分離独立派の犯行と見られている。

スペイン、午前八時――マドリードで、イラン大使館二等書記官の乗用車に仕掛けられた爆弾が爆発し、同書記官を含む二人が重傷を負った。

ペルーでは、反政府ゲリラ「センデロ・ルミノソ」が山中の小村を襲い、就寝中の村民四人を殺害していた。

チリのサンチアゴ近郊で、都市ゲリラが警察軍将校ひとりを射殺したという記事がリストの最後だった。

佐竹は、訳がわからないといった顔でホワイトを見つめた。

ホワイトは言った。

「ストックホルム国際平和研究所によると、一九八六年一年間で、四十一カ国、三十六件の紛争があった。戦闘に動員された兵士は五百万人にものぼる」

佐竹は、黙ってホワイトの顔に視線を向けていた。

「世界はＬＩＷの時代に入った」

「ＬＩＷ……？」

「『低強烈度戦争（Low Intensity War）』の略語だ。つまり、テロやゲリラ戦中心の戦争ということだ。次のページを見てくれ。そこには、一九八四、八五、八六年の三年間に起きたテロのごく主要な事件のリストがある」

佐竹は再び、書類に眼を落とした。

一九八四年一月、アルマン・モクタル・ダガジ駐伊リビア大使暗殺（ローマ）。三月、ロンドンのナイトクラブで爆弾テロ。四月、ロンドンのリビア大使館がデモ隊に発砲。同月、ギニアのコナクリでコンテ大佐がクーデターで大統領となる。十月、シーク教徒過激派がガンジー首相を暗殺（ニューデリー）。

一九八五年一月、パリ郊外でルネオボラン将軍暗殺。五月、シーク教徒過激派がニューデリーで同時多発爆弾テロ。六月、カトマンズで「解放を目指す指導者連合」が連続爆弾テロ。同月、成田でシーク教徒過激派による時限爆弾テロ。七月、マドリードでＥＴＡ（祖国と自由）がエストラーダ海軍中将を暗殺。同月、南アフリカ共和国全土に、黒人暴動激化による非常事態宣言。さらに同月、ウガンダのカンパラで、オケロ准将が軍事クーデター、オボテ大統領を国外追放。八月、東ベイルート市街地で爆弾テロ。同月、シーク教徒過激派がシーク教徒穏健派のロンゴワル総裁を裏切者として暗殺。十一月、五人組のテロリストがエジプト航空機をハイジャック、マルタ島へ着陸。十二月、パリ、プランタン・デパート他で爆弾テロ。

一九八六年三月、中核派革命軍が皇居、アメリカ大使館へ手製ロケット弾発射。同月、ストックホルムで、極右テロ組織がパルメ首相を暗殺。四月、米空軍がリビアの軍事施設を爆撃（トリポリ、ベンガジ）。五月、コロンボで、タミール人過激派がエアランカ航空機爆破テロ——。

「さらに」

ホワイトは、佐竹が読み終わるのを見て言った。「次のページには、世界の主なテロ組織のリストがある。このリストは、もちろん、氷山の一角に過ぎない」

佐竹は書類のページをめくった。

ＡＤ——フランスの過激組織。資金や軍備の調達に犯罪行為を働く。アナーキー的組織。

ＡＳＡＬＡ（アルメニア解放アルメニア秘密軍）——トルコからの独立を求める少数民族の超過激組織。

ＥＴＡ（祖国と自由）——スペイン北部のバスク人居住三州の独立を求めるテロ組織。

ＦＡＬＮ（民族解放武装勢力）——プエルトリコ独立を求めるグループ。

ＦＡＲＬ（レバノン赤軍派）——銃、爆薬を使い、主としてフランス領内でテロを続けるグループ。女性テロリストが重要な役割を担う。

灰色の狼——トルコのネオ・ファシスト組織。ローマ法王、ヨハネ・パウロ二世暗殺未遂事件で世に知られるようになった。

ＩＮＬＡ（アイルランド民族解放軍）——北アイルランド独立を目指すグループだが、アイルランド住民からも非難されるほどの過激な組織。

ＩＲＡ（アイルランド共和国軍）——北アイルランドのカトリック系住民の軍事組織。

イギリスからの独立を目指す。

イスラム教徒シーア派ヘズボラヒ（神の党）——シーア派過激派。ホメイニ師の指導下にあると見られている。

イスラム聖戦機構——帝国主義勢力からのレバノン解放を唱える過激組織。

日本赤軍——日本国内の赤軍派とPFLPの連絡役としてパレスチナへ渡った日本人グループを中心とするグループ。

中核派——日本の大学紛争に端を発する過激派組織。七五年頃、地下組織として中核派革命軍を創設。

PFL（パレスチナ解放戦線）——レバノンで軍事活動を行なっている親シリア派の組織。

PFLP（パレスチナ解放人民戦線）——各組織との連携が強く、テロ事件の背後に存在するパレスチナ・ゲリラ最大の組織。直接テロに手を下すことはない。

RAF（西独赤軍派）——西ドイツの体制を非難攻撃。パレスチナを支援するグループ。

赤い旅団——イタリアの超過激組織。極左都市ゲリラ。

シーク教徒過激派——インドからシーク教徒の独立を目指す過激グループ。

タミール・イーラム解放のトラ——スリランカの少数民族タミール人が展開している、分離独立運動中、最大の組織——。

佐竹が知っているものもあれば、名前を聞いたこともない組織もあった。

ホワイトは言った。

「中東、中南米、そしてインドシナ半島――紛争地域では依然として戦火が止もうとしない。そして、その戦火は都市ゲリラという形で世界の各地に飛び火し始めた。今、最もテロの被害をうけているのは、フランスだ。フランスがイランと国交を断ったことで、中東過激派はいっせいにフランスをターゲットにし始めた」

佐竹は、また、思わずデービッド・ワイズマンとマーガレット・リーの顔を見た。

ふたりは無表情だった。

佐竹竜《りゅう》は、視線をホワイトにもどした。

「さらに問題なのは、各テロ組織が、その主義や主張に関わりなく、互いに連携する動きを見せ始めたことだ。組織同士で交換テロのようなことを始めているのだ。その連携の陰には、フィクサー的人物ないしは組織が暗躍しているらしい」

「ちょっと待ってください」

ついに佐竹はホワイトをさえぎった。「いったい何の話をしているんです。僕は、仕事を紹介してくれるというからここへやってきたのです」

「仕事の話をしているつもりだが……」

「何が仕事なもんですか。僕があなたから聞いた話は、国際紛争やテロの話ばかりじゃないですか。あなたは、僕の格闘術を生かす仕事を提供してくれると言いました。なのに……」

そこまで言って佐竹竜は急に口をつぐんだ。

彼はすべてを悟り始めていた。

ホワイトは佐竹の言葉を辛抱強く待った。

佐竹が話し出さないと見たホワイトは言った。

「私たちは、その世界各国のテロ組織の陰で暗躍するフィクサー的存在と戦うことを決意した。そのための戦士を世界各国から集めることにしたというわけだ」

「それじゃ、あの格闘技トーナメントは……」

「そう。言うなれば、スカウトのためのイベント。おおがかりな新兵徴募《リクルート》だったのだよ」

「優勝したら、立派な道場を開く援助をしてくれる――あの話は嘘っぱちだったのか」

「嘘ではない。それればかりか、惜しくも三位に終わった君だが、強く望むなら、君にも道場を開かせてやってもいいと考えている。ただし、副業としてだがね」

「副業ね……」

「そう。私たちは、どこの国家にも属さない対テロ用の戦闘部隊を作ろうとしているのだ。西ドイツのGSG9、アメリカのデルタフォース、フランスのSDECEなど、先進国は、対テロ用の特殊部隊や諜報機関に力を入れ始めた。しかし、残念なことに、これらの特殊部隊も、その国内でしか活動できない。片や、テロ組織はすでに国境など無視してあらゆる場所で、あらゆる時間に破壊工作や暗殺などを行なっている。そして、テロ活動は、ますますエスカレートし、さらに無差別化する傾向にある。私たちは、その動きを封じようというのだ」

「どんな権限があって対テロ活動をやろうというんです」

佐竹は尋ねた。「テロが行なわれる場所が地球上のどこであれ、どこかの国内には違いない。勝手に活動するわけにはいかないでしょう」

「もちろんだ。私たちは、勝手に戦闘部隊を作り上げるのではない。それについては、西側の主だった首脳たちと何度も会談を重ねている。便宜的に各国首脳と私たちは、これから作ろうとしているこの超国家的対テロ用特殊部隊を、Task Force（機動部隊）、Rescue（救助）、Undertake（保証）、Military Party（軍団）の頭文字を取って『トランプ・フォース』と名づけた。『トランプ・フォース』は、各国から援助の要請があった場合、すみやかにその国へ急行することになる」

佐竹は驚いて、咄嗟《とっさ》に言葉が浮かんでこなかった。

その間を突いて、デービッド・ワイズマンが言った。

「ひとつ訊いていいかい」

ホワイトはゆっくりと優雅に、体全体をワイズマンのほうに向けた。

「どうぞ……」

「さっきから、あんた、『私たち』と言っているが、いったい何なんだ、その『私たち』というのは」

「西側世界全体に大きな影響力を持つある人間がいる。その人物は、ミスタ・ゴールドと呼ばれている。私は、彼の七人のスタッフのうちのひとりだ。今はそれだけしか言えない」

ワイズマンは、小さく肩をすぼめた。

「よくご存知のこととは思いますが」

マーガレット・リーが言った。「近代戦は、情報が勝負です。現代の軍隊は、どこでも、兵士のうしろに情報専門機関がついてバックアップしているのです。特にテロ・グループを相手にしようとする場合は、情報収集が重要になってきます。ただ戦闘能力だけに秀《ひい》でた部隊を作っても何の役にも立たないでしょう」

ホワイトはうなずいた。

「あなたらしい意見だ、ミス・マーガレット。あなたの言うとおり、あのグリーンベレーもインドシナでは、CIAの指揮のもとに動いていた。私たちもその点は充分に検討してある。すでに、私たちは独自の情報網を持っている。そして、その情報網は西側の主だった国々の情報担当機関、ならびに、ICPO（国際刑事警察機構）との日常的情報交換をすでに開始している」

「切り札《トランプ》か……。いい金になるだろうな」

　ワイズマンが言った。

「その点については否定しない。各国政府は、私たちの部隊に金銭で報酬をする取り決めになっている。もちろん、成功報酬だがね」

　ホワイトは、ワイズマンとマーガレット・リーを代わるがわる眺めた。

　そして、最後に佐竹を見た。

　佐竹は混乱していた。

「さて」

　ホワイトが言った。「これで私の話は終わりだ。今度はあなたたちが考える番だ。私についてくるか、それとも去って行くか」

「おいおい」

　ワイズマンが目を丸くして見せた。「細《こま》かな条件説明はないのかい。どこの国だって、傭兵《ようへい》を雇うときには、もっと親切な説明をしてくれるぜ」

　ホワイトは言った。

「最高の待遇――これでいかがかな。今よりもずっとぜいたくが可能になるはずだ。ただし、生きている間の話だがね」

「ほう……。気にいったね」

ワイズマンは即座に言った。「俺は考えることなどないんだ。アメリカ陸軍を除隊になってから、傭兵となった。エルサルバドル、ギニア、ナイジェリア、リビア——どこでも行ったもんだ。だが、今はすることがない。また、傭兵になると思えばいいんだ。俺は乗ったよ」

「私も英国情報部を追われた人間です」

マーガレット・リーは言った。「英国情報部は、香港の返還が近づくや、中国系の職員を用心深く排除し始めたのです。私も閑職へ異動させられました。私はそれに耐えられなかったのです。私の力が充分に生かせるところならどこへでも行きます」

ホワイトはうなずいた。

彼は、佐竹に視線を向けた。

佐竹は考えた。

これまでの人生、そして求めるべき生きざま。

なぜ自分が会社を辞めてまで格闘技トーナメントに出場したのかを特に熟慮した。

ホワイトは無言で待ち続けた。

誰も何も言わなかった。

佐竹は遠慮なく考え続けた。

やがて彼は顔を上げて言った。

「他に選ぶ道はないようですね」

彼はホワイトにきっぱりと言った。「どうやらトーナメントに出場した時点で僕の生きかたは決まっていたようです。ミスタ・ホワイト、あなたに任せますよ」

ホワイトはあたたかな笑いを浮かべた。

「よろしい。君たち三人は、私のチームメイトだ」

その後、ホワイトは、ミスタ・ゴールドの七人のスタッフが、それぞれ三人のチームを編成すること、七人のスタッフの名は公表されておらず、すべて色の名で呼ばれていることなどを説明した。

佐竹ら三人は連絡先をホワイトに教え、それぞれに待機するように言われた。

三人は、リージェンシー・ホテルを後にした。

佐竹は、ずっと疑問に思っていたことを、ワイズマンに尋ねてみることにした。

「あんたはどうして、グレッグに負けたんだ」

ワイズマンは小さくかぶりを振った。

「勝負は時の運て言うだろう」

「実力の差は、はっきりしていた」

ワイズマンは佐竹の顔を見た。

「本当のことを言おうか。あんたとの戦いで精も根も尽き果てたのさ」

本当か冗談か佐竹にはわからなかった。

「それより、どうだい」

ワイズマンは言った。「これからは生死をともにする間柄なんだ。とりあえずメシを食って、一杯やるというのは」

佐竹はマーガレット・リーの顔色をうかがった。

彼女は断るだろうと佐竹は思った。マーガレットは冷淡なタイプに見えたのだ。

彼女はほほえんで言った。

「いい考えね。行きましょ」

13

佐竹《さたけ》とワイズマンは肩を並べて訓練用の古城をあとにした。

一歩ほど遅れてマーガレット・リーが彼らのあとに続いていた。

佐竹の肩から下げているWz63サブマシンガンが歩く震動に合わせて、小さな金属音をたてている。

胸の金具にぶら下げた、エッグタイプのアメリカ製手榴弾がずしりと重かった。

城から五百メートルほど行くと、森を切り開いた土地にいくつものコテージ風の建物があった。

一見すると、大金持ちの別荘といったたたずまいだが、ここが佐竹たち訓練兵の宿舎だった。

兵営にしては豪華な造りだった。

佐竹たちは疲れた足を引きずりながら、武器庫へ向かった。

佐竹はWz63と手榴弾を、ワイズマンはアサルトライフルを、そして、マーガレット・

リーは、ウージー・サブマシンガンを所定の位置にもどした。

他のチームの訓練兵も武器をもどしにやってきた。

たいていの者は軍隊経験があるらしく、銃器の扱いに慣れていた。

「よう。あんたら、ホワイト・チームの連中だろう」

黒いひげをたくわえたラテン系の男が言った。

佐竹とワイズマン、そしてマーガレット・リーは振り返ったが何も言わなかった。

「俺はジョルディーノ。バーミリオン・チームだ」

「よろしくな……」

ワイズマンはつぶやくように言ってその場を離れようとした。

佐竹とマーガレットもそれにならおうとした。

「ちょっと待ってくれよ」

ジョルディーノはにやにや笑いながら言った。

ワイズマンは立ち止まった。

「何か用か」

「用があるのはあんたにじゃない。そこの美しいお嬢さんにだ」

周囲にいた他チームの連中も笑い声を上げた。

「何かしら……」

「俺たちはうらやましいのさ。わかるだろう。七チームのうち、女がいるのは、あんたたちホワイト・チームだけだ。このふたりだけがいい思いをするってのは許せないんでね」

ジョルディーノはワイズマンと佐竹を指差した。「いつも、ふたりを楽しませてんだろう。俺たちの相手もしてくれよ」

「ジョルディーノとか言ったな」

ワイズマンがうんざりとした口調で言った。「彼女のニックネームを知らないのか。『鉄の処女』ってんだ」

ワイズマンは歩き出した。

マーガレットがジョルディーノに言った。「口説くなら、ちゃんと訓練所を出てから、お酒でも飲みながらにしてほしいわね。もうちょっと気のきいた会話を勉強したら考えてあげてもいいわよ、さかりのついたゴリラさん」

マーガレットはワイズマンのあとに続いた。

「ふざけやがって、落ちこぼれチームが」

ジョルディーノがわめく声が聞こえた。

佐竹はマーガレットに言った。

「ひどい侮辱を受けたな」

マーガレットは笑った。

「ひどい侮辱ですって？　あんなものが？　いったい、どういう育ちかたをしたの」

ワイズマンが言った。

「日本ていうのは、お上品な国のようだ」

「まったく」

佐竹はふてくされて見せた。「気をつかってやってるのに……」

マーガレットは、一度、佐竹を見つめ、すぐに視線をそらして言った。

「ごめんなさい。私、そういうのに慣れていないの」

「じゃじゃ馬に優しくしたりはしないものだからな」

ワイズマンが言った。マーガレットはワイズマンのほうを見た。

「いつから私は『鉄の処女』なんて呼ばれるようになったわけ」

「あれ？　そうじゃなかったのか」

「試してみる？　腰を抜かすわよ」

「よせよ。サタケがあきれてる」

「いや……。その……」

佐竹はしどろもどろだった。「驚いているんだ、あんたみたいにきれいな人がそういうことを言ったりするのに……。僕はこれまであんまり女に縁がなかったもんだから……」

「男はいつも女の見かけにだまされる」

マーガレットは言った。「安心なさい。これから私がゆっくりと教えてあげるわ。チームメートですものね」

「落ちこぼれチームのな」

ワイズマンが言って、コテージ風の宿舎のドアをあけた。

一チームはひとつのコテージで共同生活をしなければならない。唯一の女性隊員が所属するホワイト・チームも例外ではない。

ワイズマンが夕食の料理当番だった。彼はシャワーを浴びてから、支給された材料をかき回し、深いシチュー鍋をコンロに乗せた。

ジャガイモやニンジン、タマネギをおおざっぱに切り、鍋のなかに放り込む。

三時間後、鶏を煮込んだシチューができ上がっていた。

ワイズマンのシチューは評判がよかった。

食事を終えると三人は、グラスに氷とウイスキーを満たして、リビングルームに集まった。

「いつまで訓練が続くんだろう」

佐竹はワイズマンに尋ねた。

「俺たちがモノになるまでだろう」

「どのくらいでモノになると思う」

「さあ……。三カ月か、六カ月か……。それとも一年か……」

「いいかげんだな」

「そんなもんさ。訓練なんていくらやってもきりがない。だが、最低限、現場で犬死にしないだけの知識と行動力は身につけておかなければならない。ただ、ひとつ言えることは、ここの訓練は超一流だ。ハードだが合理的だ」

「だが、訓練兵が一流とは限らない」

「そういうことだ」

「いったい何者なんだろう。この『切り札部隊《トランプ・フォース》』を作ろうとしている、ゴールドという男は」

「さあな……」

「とてつもない金持ちだということは確かね」

マーガレットが言った。

「そりゃ、そうだ」

ワイズマンがうなずいた。「この宿舎、そして、訓練に使っているあの古い城——この一帯はすべてゴールドの持ちものだと言うことだ。いくらドイツの片いなかだといっても、これはたいへんな財産だぜ」

訓練所は西ドイツのローテンブルクのはるか郊外にあった。森と河と湖だけの土地だった。

　マンハイムからハイデルベルク、そしてこのローテンブルクを通り、ニュルンベルクへ至る道は「古城街道」と呼ばれている。

　ドイツには大小合わせて二万にもおよぶ城が残されているが、そのなかでも、この通りぞいは、城が多いことで知られている。

「それに、あの銃器や装備」

　マーガレットは言った。「ちょっとやそっとでそろえられるものじゃないわ。よっぽどもうけてるのね」

「関係ないだろう」

　ワイズマンは、グラスの氷を鳴らした。「俺たちは雇われたんだ。金をもらって戦いに行くだけだ。そして、今はまだ訓練に精を出さねばならない。それだけのことだ」

「そうかな」

　佐竹は生真面目《きまじめ》に言った。「ひょっとして僕たちはうまいこと口車に乗せられているのかもしれない。『トランプ・フォース』なんて名前をつけているが、これがテロ組織でないという保証は何ひとつないんだ」

「心配性なんだな、サタケ」

　ワイズマンは笑った。「だったらどうだと言うんだ。さっきも言ったが、俺たちゃ金をもらって人を殺しに行くんだ。相手が誰だろうと変わらんだろう」

「そうはいかない。殺し屋になり果てる気はないんだ」

　ワイズマンはさらに大声を上げて笑った。

「そうむきになるなよ、サタケ」

「ワイズマンはあなたをからかってるのよ」

　佐竹は、不機嫌そうにグラスをあおった。

「おこらんでくれ。あんたみたいなタイプはつい茶化してみたくなるんだよ。心配するな。今、俺たちが受けている訓練は、西ドイツのＧＳＧ９の訓練をベースにしている」

「本当か……」

「ああ、間違いない。こう見えても俺はプロの傭兵《ようへい》だったんだ。いろいろな戦法を知っているが、俺たちが受けているのは明らかに、対テロ用の訓練だ」

「安心した？　坊や」

　マーガレット・リーはいたずらっぽく笑った。

　彼女はまったく年齢がわからない――佐竹は、そのときもそう思った。

「さて、サタケの機嫌が直ったところで、俺は寝るとするか。明日も訓練が待ってるからな」

ワイズマンは二階へ上がって行った。階段ではなく、はしごがついていた。

二階には、屋根裏部屋のような部屋がひとつあるだけで、そこに、ベッドが三つ並べられていた。

マーガレット・リーのベッドと、ふたりの男のベッドを仕切るものは何もない。

だが、三人の間には何も起きなかった。ベッドに入ったとたんに眠りこけてしまうのだ。

そのうち、三人ともその生活に慣れてしまっていた。

マーガレット・リーは、佐竹やワイズマンにとっては、女ではなく、あくまでチームメイトなのだ。

この先、自分の命を彼女にあずけることもあるということを、佐竹もワイズマンも充分に承知していた。

そこには、男と女を超えた関係が生まれつつあったのだ。

ワイズマンが眠ってしまってから間もなく、佐竹とマーガレットも酒を干して、それぞれのベッドへ向かった。

「時限爆弾による都市型テロは、最もにくむべき犯罪のひとつだ」

ホワイトの声が訓練場のなかに響いた。

空は青く、空気は心地よく冷たかった。

七つのチームは、それぞれに固まって、ホワイトと同様のチーム・リーダーたちの説明を聞いていた。

ホワイトの話が続いた。

「時限爆弾は、空港、駅、コンサート会場、さまざまな公共施設などといった一般市民が多く集まる場所にしかけられる。そして、瞬時にして、多量の無差別殺人が行なわれるわけだ。テロの目的は、人々に恐怖を植えつけることだ。爆弾テロは、そういった意味で最も効果的な手段だ。さらに、爆弾の技術は日々信じがたい早さで進歩している」

ホワイトは、紙につつまれた箱を取り出した。

普通の郵便小包といった感じの箱だった。

「さ、これは、目覚まし時計と電気信管を使った最も基本的な時限爆弾だ。これから君たちに解体してもらう。講義をまじめに聞いていたらできるはずだ」

佐竹とワイズマン、そしてマーガレットは顔を見合わせた。

まず、佐竹が歩み出た。

ホワイトは、その包みを地面に置いた。

「さあ、時限爆弾がしかけられたぞ」

佐竹は、そっと包みに近づいた。

決して包みを持ち上げようとしなかった。

彼は、フォールディング・ナイフを抜き、注意深く包み紙とその下のボール箱をいっしょに切っていった。

四角く上面を切り抜くと、わずかにその部分を持ち上げ、コードや、金属片がつながっていないかを確認した。

涼しい日だったが、いつしか佐竹の額に汗が浮かび始めていた。

佐竹は四角くくり抜いたボール紙を外《はず》した。

箱のなかにはデジタル式の目覚まし時計や乾電池、そして複雑に行き交うコードなどが見えた。

コードはリレーにつながっている。

ダミーのコードがあるのだ。そのコードを切ればリレーが働き、電気信管に電流が流れる。

その場で爆発するというわけだった。

佐竹は、ニッパーを持ち、コード一本一本の行方《ゆくえ》をさぐった。

そして、まず、時計のそばにあるコードを一本、切断した。

次に電池と信管をつないでいるように見えたコードを切った。

とたんに、シューという音がして、煙が噴き出してきた。

佐竹は、思わず顔をおおい、尻もちをついた。

「発煙筒だよ」

ホワイトが言った。「残念ながら、君は爆死した」

佐竹は、小さくかぶりを振りながら立ち上がった。

「しかし、初日としてはいい出来だった」

ホワイトがコメントした。「まず、サタケは、包みを持ち上げようとしなかった。これでワンポイントかせいだ。爆発物とおぼしきものがあったら、震動を決して与えないことだ。震動感知装置というのがあって、ゲリラどもはたやすくそれを手に入れるし、自作することも可能だ。第二に、サタケは、包みを開こうとしなかった。こうした爆発物の場合、包み紙や箱のふたにも電極がついていると考えなければならない。サタケはツー・ポイントかせいだわけだ」

広場のあちらこちらで、発煙筒が発火し始め、驚きの声が上がった。

ホワイトは、いったんその様子を眺め回してから、もうひとつ同様の包みを取り出した。

「さて、次はどちらかな」

マーガレット・リーが歩み出た。

彼女は佐竹とまったく同じ手順で配線をむき出しにした。

彼女は迷いに迷いながら、三本のコードを切った。

その結果、発煙筒が煙を噴いた。

「サタケとほぼ同レベルだな。配線を見極めるのは難しい。だが不可能ではない。さ、ワイズマン、君の番だ」

まったく同じ三つ目の包みが地上に置かれた。

ワイズマンは、まず、ふたりのチームメイトと同様にナイフを使って、爆弾の中味を露《あら》わにした。

しばらく、じっと配線を見つめていたワイズマンは、やがて、ためらいもなく次々と、コードをニッパーで切断していった。

そして、信じ難い早技で信管を取り出してしまった。

ホワイトは、驚きと賞賛の入り混じった眼でワイズマンを見つめた。

佐竹とマーガレットの驚きはさらに大きかった。

「最も基本的な時限爆弾だって」

ワイズマンがホワイトに言った。「冗談じゃない。やっかいな代物《しろもの》だよ、こいつは」

「ほう、わかるかね」

「爆弾についちゃ、俺は専門家だったんだ」

ホワイトはうなずいた。

「ワイズマンが見破ったとおり、これは、単純に見えるが、いろいろと罠を組み込んだ爆弾だ。まず、君たちに爆弾解体の難しさ、危険さを知ってもらおうと思ったのだ。まさか、こいつを解体してしまう訓練生がいるとは思わなかった。ワイズマン、評価はスペシャルAだぞ」

「誰にでも取り柄《とりえ》はありますよ」

「よし、それでは、具体的にこいつの解体のしかたから説明していこう」

それから一週間の間で、佐竹は、あらゆる型の爆弾に出合うことになった。

14

ネッカー川の流れのかなたに古城がそびえるハイデルベルクの町。

その郊外の森のなかに「ゴールドの城」と呼ばれる邸宅があった。

まさに城の名に恥じない大邸宅で、人々がホテルと間違えるほどの建物だった。

その食堂に八つの席が用意されていた。

ひとつはゴールドのための席だった。

残る七つの席にすわる客は、さきほど、HU—1Bヘリコプターで、中庭に到着したばかりだった。

彼らは野戦服を脱ぎ、夜会服に着替えて、食堂にのぞんだ。

静かな食事のあと、ブランデーが出された。

ミスタ・ゴールドは、ブランデーを一口味わうと、ナプキンで上品に口をぬぐい、執事が運んできたファイルに手を伸ばした。

ファイルには、七人のチーム・リーダーたちがまとめたレポートがとじられていた。

ミスタ・ゴールドは時間をかけてファイルを検討していた。彼は決してあわてたりいらいらしたりすることのない男だった。

七人の男たちは、その間、ひとことも口を利《き》かなかった。

ミスタ・ゴールドはファイルを閉じ、テーブルに置くと、小さく溜め息をついた。

七人の男たちは、その溜め息に、特に意味がないことを祈った。

「思ったより訓練兵の足並みがそろっていないようだが……」

ミスタ・ゴールドはごく静かに言った。「シルバー、彼らが実際に戦いに出ることができるのはいつのことなのだろうね」

「はい」

シルバーは、少しの間、考えていた。「あと三カ月の訓練は必要かと……」

「三カ月か……」

ミスタ・ゴールドは、わずかに悲しげに言った。「一カ月に縮めてはもらえんだろうかね、その期間を……」

七人は、無言で顔を見合った。

「訓練は重要なものです」

シルバーがひかえめながらきっぱりと言った。「訓練不足は、そのまま死を意味します。せっかく優秀な人材を苦労して集めたのですから、簡単にそれを失うわけにはいかないのです」

「わかっているとも。無理を承知でたのんでいる。訓練も必要だが、実戦に出ることはさらに重要なのだ。そのことも考えて、各チームに必ずひとりは、戦闘経験者を入れることにしたのではなかったかね」

「おっしゃるとおりですが……」

「フランスとイタリアがちょっと面倒なことになっている」

「イランですか……」

ミスタ・ゴールドはうなずいた。

「知ってのとおり、フランスは、八七年の七月にイランと国交を断絶した。以来、フランスは中東の過激派からのテロの脅威に日夜さらされ続けている。一方、外交関係打開のための努力も行なわれてきた。イランのムサビ首相は、パキスタン政府に、イランに代わってフランスとの交渉に当たるよう依頼した。フランスもイタリア政府を通じてイランとの交渉を行なう意志を見せた。イタリアはその依頼を受諾した」

一同は、無言でゴールドに注目していた。

「しかしだ……。フランスやイタリアにいる非政治的なテロリストにとって、これほど金になる時機はないのだよ。そして、例によって、フィクサーが動き始めたというわけだ。われわれの情報網は、その動きをキャッチした。イスラム教徒シーア派へズボラヒやイスラム聖戦機構からフィクサーへ少なからぬ金が流れたようだ」

「フランスかイタリアで、近々大がかりなテロ事件が発生するおそれがあるというわけですね」

ゴールドはうなずいた。

「両政府当局は警戒を強めている。私は、一カ月先と言わず、すぐにでもエキスパート部隊をフランスとイタリアに派遣したいのだ」

彼は、日本人のブラックを見た。「どうだね、ブラック。このレポートを見る限り、君のチームの成績がいちばん優秀なようだが……」

「任務の内容によりますね」

ブラックは慎重に言った。「訓練兵が学んでいるのは、米陸軍特殊部隊および対テロ特殊部隊のデルタフォース、イギリスのスペシャル・エア・サービス、そして、西ドイツのGSG9などの訓練内容を参考にして考え出されたものです。その意味では最高の訓練内容と言えるでしょう。経歴、素質の面でも、われわれは慎重にふるいにかけました。ですが、まだ真の意味での『切り札《トランプ》』となるには時期が早過ぎると思うのです……」

ゴールドは、手もちぶさたな様子でいるホワイトに気づいた。

「何か言うことがあるのかね、ホワイト」

ホワイトは顔を上げ、他の七人の顔を素早く見回した。

「ブラックも言ったように、任務によると思います」

「君も、連中を出動させるのは時期尚早《じきしょうそう》だと考えているということかね」

「いいえ。任務の内容によっては、立派にやってのけられるだろうという意味です」

「無茶だ」

日本人のブラックが言った。「メンバーを、みすみす死に追いやるだけだ」

アメリカ黒人のパープルが同調した。「彼らは、ようやく兵士らしく動けるようになったばかりの新米に過ぎないんだ」

バーミリオンが発言した。

「連中は、パラシュートの降下訓練もまだ受けておらん。対ゲリラ部隊としては、実に中途半端な状態なんだよ」

ホワイトは肩をすぼめた。

「思ったとおりに言ってみただけです。パープルは、彼らがようやく動けるようになったばかりだと言ったが、兵士らしく動けるようになったというのは、きわめて重要な進歩だと思います。バーミリオンが指摘した点ももっともですが、パラシュート降下が必要のない作戦なら、彼らは充分働けます。私が結論として申し上げたいのは今回、われわれが作り上げようとしている部隊に必要なのは、何よりも実戦だということです」

「なるほど……」

ゴールドはうなずいた。「その点は認める。どうだね、諸君」

彼は、一同に問いかけた。

誰も口を開かなかった。

ゴールドはふたたび、ホワイトに柔らかな視線を向けた。

「それで、いつなら出発できるのだね」

ホワイトは、小さく肩をすぼめた。

「いつでもかまいませんよ」

他の六名は、ひそひそと耳打ちし合った。

「点数をかせぐのはいいが、他を巻きぞえにしないでほしいな」

ブラックがホワイトに向かって言った。「あんたのチームは、模擬戦ではいつも他のチームに負けているんだ。いわば、落ちこぼれじゃないか。ここで一気にみんなに差をつけたい気はわかるが、連中を殺すはめになったら、何にもならんのだぞ。そればかりか、トランプ・フォース全体のイメージダウンになり、今後の仕事がきわめてやりにくくなる」

「ならば、助けてほしいものだ」

「何だって……」

「模擬戦の成績は、君のチームがトップだ、ブラック。トランプ・フォースは、何チームかが組んで仕事をすることになっている。君のチームが来てくれると心強いがね。なにせ、わがチームは、君が言うとおり落ちこぼれでね。君のチームのような手本が必要なんだ」

「冗談じゃない」

ブラックは吐き棄てるように言った。

「そうとも」

ホワイトはかすかに笑いを浮かべた。「冗談なんかじゃない。私は本気で言っている」

さらに彼は、真顔になって付け加えた。「いつかは行かなければならないんだ」

「いいだろう」

ゴールドが言った。

一同は、さっとゴールドのほうを向いた。「フランス、イタリア両政府に打診してみよう。私は両国に、協力する用意がある旨を伝えることにする。返事が来るまでに一週間はかかるだろう。ホワイト隊とブラック隊は、その間に出発の準備をととのえ、待機するように。以上で、解散だ」

全員が立ち上がった。

そのままで、ゴールドが浮き彫りのほどこされた重厚なウォールナットの扉のむこうに姿を消すまで待っていた。

やがて、再び席につくと、ホワイトとブラックを除く五人がわれさきにしゃべり始めた。

ラテン系ヨーロッパ人のブラウンと、南米のバーミリオンがひときわ興奮を露わにしてまくしたてていた。

ホワイトは、彼らの質問に冷静に応対しようとしていた。

ブラックは蒼ざめた顔で、テーブルの上を見つめているだけだった。

シルバーが両手を上げ、一同を鎮めた。

彼はホワイトに向かって言った。

「いいかげんな気持ちで言ったのではないだろうね」

「もちろんです」

ホワイトは真剣だった。「私たちは、待たれている存在なのです。いつまでも訓練に甘んじているわけにはいきません」

シルバーは困った顔をしてみせた。

「君は自信たっぷりのようだが、ブラックはそうではないようだ」

「自信たっぷり？　そうではありません。こちらの準備がととのうまで、いつも世のなかは待ってくれない――それだけのことです」

シルバーはブラックのほうを見て、彼の名を呼んだ。

ブラックは、しばらく下を向いたままでいたが、やがて、毅然《きぜん》とした表情で顔を上げた。

「どうやらもう逃げられないようだ。落ちこぼれどもに手本を見せてやりましょう」

シルバーは、小さくうなずいた。

「わかった。ミスタ・ゴールドがすでに決定したことはくつがえすことはできない。それでは、フランスについては、ホワイト・チームとブラック・チームに任せることにしよう。イタリアには、ブラウン・チームと私のチームが行くことにする」

一同は食堂をあとにして、HU―1Bへリコプターへ向かった。


通常の訓練が終了し、佐竹《さたけ》たちはロッジでくつろいでいた。

そこへ急にホワイトが現れた。

「一時間で、長距離行軍用の装備をととのえろ」

言い置くと、来たときと同様、すぐさま姿を消してしまった。

「どういうことだ」

佐竹は尋ねた。

デービッド・ワイズマンがこたえた。

「こいつはグリーンベレー方式の総仕上げでね……」

「総仕上げ……?」

マーガレットが眉根を寄せた。

「ああ……。夜にヘリコプターでどこか森のなかへ降ろされる。もちろん、ひとりひとりばらばらに、だ。そして、地図に記された目的地まで単独行軍するわけだ。もちろん、途中にはブービートラップもあるし、ホワイトのスタッフたちが待ち受けているだろう。そいつらにつかまるとアウトだ。ブービートラップにひっかかっても大きな減点になる」

「何もこんなに急に言い出さなくてもよさそうなもんだがな」

　佐竹は言った。

「不意をつくから効果的なテストになるのさ。心の準備など与えてくれないんだ」

「でも、総仕上げをやるとなると……」

「そう」

　ワイズマンはうなずいた。「こいつが終われば、いよいよ出撃というわけさ」

　佐竹は、にわかに緊張を覚えた。

　それから三人は、ほとんど無言で装備をそろえ始めた。

　個人装備のマニュアルは、ほぼ米陸軍のグリーンベレーに準じていた。

　まず、タイガーストライプ迷彩服に着替え、ジャングルブーツをはく。

　ピストルベルトを腰に巻く。

　左脚下部のポケットには、虫よけのはいったプラスチックびん、上部のポケットには通常ならトランシーバーが入る。だが、今回、通信機は与えられなかった。

　右脚のポケットには、一食分の野戦食《レーション》、パネル、ペン型照明弾を入れる。

　さらに右の尻ポケットには、六フィートのナイロン・コードを収める。

左胸のポケットにはプラスチックバッグに入れた地図などの書類を、右胸のポケットには、ペンライト、磁石、そして、ケースに入ったモルヒネ注射を入れる。

弾薬はピストル・ベルトの左右に装着する。

そして、赤、緑、黄の三色の発煙手榴弾を装着する。

浄水錠剤つき水筒二個もピストル・ベルトに下げる。

グリーンベレーは、通常、パラシュートを背負うためのスリングを両肩からかけており、その左側へは、血清アルブミン単位を、右側にはサバイバル・ナイフを上向きに下げている。

しかし、佐竹たちは、パラシュート・スリングを付けないため、血清アルブミン単位やサバイバル・ナイフもベルトへ取りつけることになっていた。

リュックの両側にあるポケットには、三個目と四個目の水筒を入れておく。

後方のポケットには雨合羽《ポンチョ》。

中央部分へは、食糧、弾薬嚢《だんやくのう》、爆薬、ビニールバッグに入れた靴下やセーター、手袋などを詰める。

その他、救急セット、サバイバル・キット、磁石、通信用鏡などを、各人が取り出しやすい位置に入れておくことになっている。

デービッド・ワイズマンはたいへんに手際がよかった。

彼はこういう作業を日常的にこなしてきたのだ。どこに何を入れるかは、経験によってすべて決定されていた。

ワイズマンはそのおかげで、真っ暗闇のなかでも、すぐさま目的のものを取り出すことができた。

彼はそのことを、佐竹とマーガレット・リーにアドバイスした。

ふたりは、熱心にワイズマンの言葉に聞き入った。

ワイズマンのアドバイスは装備のことだけにとどまらなかった。佐竹とマーガレットの真剣な眼差しが彼に話させたのだった。

「いいか。必ず視界の半分だけ進め。そして、立ち止まって、また周囲を確認するんだ。歩きやすいところは、絶対に歩くな。そういう場所にはブービートラップがあると思え。見はらしのいいところも避けるんだ。敵から見られるということは、銃弾を見舞われるということだ。どんなに遠回りでも、そういう場所は迂回するんだ。そして、常に、自分ならどういうところで待ち伏せるかを考えながら四方を見るんだ」

すべて行軍の訓練のときに学んだことではあったが、ワイズマンの言葉を通して聞くと、たいへん説得力があるのだった。

佐竹は、ワイズマンの一言ひとことを頭のなかに刻み込んだ。

ロッジのドアが開いてホワイトが入ってきた。

「一時間たった。用意はいいな」

「いいとも」

ワイズマンが言った。「遠足につれて行ってもらおうじゃないか」

ホワイトは、地図を三人に手渡した。

「二一〇〇時に、ヘリコプターが君たちを迎えに来る。どこに降ろされるかは、まったくわからない。君たちにはロープ降下をやってもらう。それからは、地図と磁石が頼りだ。何とか地図にある目的地までたどり着いてもらう。だが気をつけてもらいたい。森のなかには敵に扮した私のスタッフがひそんでいる。彼らは、君たちに隙があれば、実弾を発射するだろう」

佐竹は、真っ暗な森のなかにロープ降下した。

周囲は真の闇だった。

彼は、ゆっくりと周囲を歩き回り、適当な場所を探して夜営した。

夜明け前に目を覚まして、手早く湯をわかして食事を取り、行動を開始した。

佐竹は、きわめて慎重に進んだ。

彼は、これまでの訓練、そして、ワイズマンのアドバイスを思い出し、ゆっくりとしたペースを維持した。

装備の重さがこたえ、寒いにもかかわらず汗が流れた。

彼は徹底して歩きにくい場所を通った。

木の枝がアーチになっているような場所や、下生えが少ない場所などで、彼は、日の光に反射する筋を何度か発見した。

原始的なブービートラップのワイヤーが光って見えたのだった。

佐竹は、止まっては双眼鏡で周囲を見回し、確実に安全という地点まで進んだ。それを繰り返すうちに、木の枝に陣取っている敵を発見した。

佐竹はリュックを降ろし、大きく迂回してその木に近づき、簡単に武装解除した。大きな得点だった。

佐竹はリュックを取りに戻り、地図と磁石で位置を確認し、前進を開始した。

武道家としての勘は、思ったよりずっと役に立った。

自然な風によるものとは違う、枝や葉の動きにきわめて敏感なのだ。

おかげで佐竹は、さらに二人の敵を発見することができた。

彼は、日が沈むころ、最終のチェックポイントを通過し、目的地にたどり着いた。

とたんに、発砲音がした。

佐竹は、反射的に地面に身を伏せた。

彼の目のまえに、ふわふわと降ってくるものがあった。

細いさまざまな色をした紙テープだった。

佐竹は目を上げた。

ホワイトが、クラッカーを手に持って立っていた。

「やったな、サタケ。評価Aで合格だ」

ホワイトのうしろにはワイズマンがいた。

ホワイトは言った。

「もちろん、ワイズマンも合格だ。さて、クラッカーは、まだある。三人で、ゆっくりわれらが紅一点を待とうじゃないか」

約一時間後、おそるおそるといった体《てい》でマーガレット・リーが到着した。

ホワイトと佐竹、そしてワイズマンがそれぞれにクラッカーを鳴らした。

マーガレット・リーは、佐竹とまったく同じ反応を示した。

佐竹は、この訓練所へ来てから初めて、腹の底から笑った。

15

パリのオルリー空港は、二つのターミナルに分かれている。

南空港は長距離国際線用、そして、西空港はフランス国内や、西ドイツ、スイス、イタリア方面に向かう中・短距離線用に使われている。

佐竹《さたけ》はマーガレットといっしょに、入国していた。パスポートはふたりとも日本国籍になっており、ビザは観光用だった。

ふたりは、ハネムーン旅行ということになっていた。

彼らは観光客に混じって、パリ中心地へ向かった。

次の便では、ワイズマンが到着した。

ワイズマンのパスポートはアメリカ国籍。旅の目的は商用ということになっていた。

彼は人待ち顔で、ターミナルのなかを見回してみた。

知っている顔があるかもしれないと思ったのだった。

インドシナ帰りで傭兵になった人間は少なくない。ワイズマンのような人間は、珍しくはないのだ。

そして、世界を股にかける傭兵たちは、互いに名前と顔を覚えるようになる。

さらに、傭兵からプロのテロリストになる手合いも少なからずいるのだった。

ワイズマンは、そういう連中を何人か知っていた。

そして、今、その類の連中の稼ぎ場所は、何と言ってもパリなのだ。

幸い知っている顔に出くわすことはなかった。

彼は、待ち人が見つからないといったそぶりで肩をすくめると、パリ市内のアンヴァリッド・ターミナルへ向かうバスに乗り込んだ。


ホテル・ブリストルにチェック・インした佐竹竜《りゅう》とマーガレット・リーは、日本人観光客らしく、市内見物に出かけようと準備を始めた。

そこへ、すかさずボーイが花をとどけに来た。新婚カップルへのサービスというわけだった。

「驚いたな。ミスタ・ゴールドという人物は、何でも超一流でないと気が済まないらしい」

佐竹は、花の入ったバスケットを両手でもてあそびながら言った。

「このホテルのこと？」

「ブリストル。僕が学生だったころには近づくことすらできない気がしたもんだ」

「パリにいたことがあるの」

「半年間だけだがね。屋根裏の安下宿でパンとチーズをかじって、必死でフランス語を覚えたんだ」

「青春の町パリといったところね」

「そんなんじゃないさ……」

佐竹は、無意味なコンプレックスを抱き続けていた時代を思い出した。

自分はつまらない人間だと思い込んでいた。

そのため、ひどく引っ込み思案だった。パリでも友達はできなかった。もちろん、恋人などできるはずはない。

佐竹は、フランス人たちが自分を差別しているように感じていた。

そして、今考えても、それは事実なのだ。

フランス人はきわめて誇り高い民族だ。そして美しいものを愛する。

自分たちの美意識に合わないものは絶対に認めず、排除しようとする。

貧しい、黄色い肌の無口な男は、若いパリジャンやパリジェンヌたちの美意識に合わなかったのだ。

「さ、出かけましょうか。あなたが住んでいたあたり、見てみたいわ」

確かに佐竹は、その提案に心をくすぐられた。

パリの北東十三キロにあるル・ブールジュ空港は小型機の専用空港で、そこに、サメを思わせる高速ヘリコプターがゆっくりと降下してきた。米国製のベル222だった。通常のヘリコプターと違い、ランディング・ギアがジェット機のように機内に収納されている。

今、そのランディング用の三つのタイヤがゆっくりと機の底部にせり出してきた。ベル222はふわりとランディング・ポジションに降り立った。

後部座席のドアが開いて、ホワイトとブラックが姿を現した。ふたりは大きめのアタッシェ・ケースを手に下げていた。

彼らは、ヘリコプターの着陸の一部始終をじっと見つめていた三人の男たちのほうへ歩み寄った。

三人の男はきわめて地味なスーツを着ていたが、それぞれネクタイは個性的で、フランス人の気骨を思わせた。

ホワイトは、立ち止まり、三人を順に見つめた。ブラックはその横に並んだ。

そのとき、ヘリコプターのエンジン音が上がり、三人は、そちらのほうを向いた。

ヘリコプターが上昇し、ランディング・ギアを腹のなかに収納した。三人はその様子を子供のように見つめていた。

「SDECE（外国資料情報対策本部）のかたがたですね」

ホワイトが言った。

三人は、ホワイトに視線をもどした。

「そうです」

中央の男が言った。「SDECE第五部から来ました。トランプ・フォースのムッシュ・ホワイト、そしてムッシュ・ブラックですね」

ホワイトはうなずいた。

「あのヘリコプターに、ずいぶんと興味がおありのようだが……」

「ベル222……。本物は初めて見ました。もっとも、アメリカのテレビドラマで、以前見たことがありますが……」

「『エアーウルフ』だな。そう。あのドラマに登場するスーパー・ヘリコプターは、あのベル222がモデルだ。だが、今ではアメリカの警察でも使用している」

「トランプ・フォースのメンバーはどうされたのでしょう。まさか、おふたりということはないのでしょう」

「気にせぬことだ」

ブラックが無表情に言った。「必要なとき、必要な場所に現れる」

「車へどうぞ」

SDECEの男は、明らかにブラックの言葉に気分を害したようだった。彼は、先に立って空港内に駐車していた黒いセダンに向かった。

「ちょっとは愛想よくするもんだ」

ホワイトがブラックに、そっと言った。「むこうは、クライアントなんだぞ」


フランスのSDECE——外国資料情報対策本部は、西側では屈指の諜報《ちょうほう》・防諜組織だ。第一部から第五部までに分かれており、それぞれ、収集、記録、評価、技術援助、そして工作を担当している。

特に工作を担当している第五部は、別名、行動部と呼ばれ、かつて、アルジェリアの秘密軍事組織を粉砕したことで勇名をはせた。

このSDECEと肩を並べる諜報組織がDST——国土監視局だ。この秘密警察は、RG——総合情報部とともに、公安関係でおそるべき手腕を発揮している。

DSTとRGはともに、内務省の下に置かれているSN（国家警察）の指揮下にある。

しかし、SDECEは、大統領、そして首相の直属の組織となっている。


車は、まっすぐパリの中心地へ向かった。

ラ・ファイエット通りからキャピシーヌ大通り、マドレーヌ大通りを経て、コンコルド広場に出る一本手前の道を右に折れた。

そこは、フォーブール・サン・トノレ通りで、有名なシャンゼリゼ大通りと並行に、セーヌ河とは反対側を走っている。

やがて道の左側にエリゼ宮が、右手に内務省の建物が見えてきた。

エリゼ宮は、大統領の官邸だ。

ホワイトは、車に乗っているあいだ中、ずっとパリの夜の光と闇のコントラストを楽しんでいた。

パリの街の灯《あか》りは、どの大都市よりも抑制されていて美しかった。

ブラックは、始終無言で、なおかつ無表情だったが、夜のパリの街並みに心を動かされているのは確かだった。

ホワイトもブラックもパリは何度も訪れている。

それでも来るたびに魅力を感じる町であることは確かだった。

内務省では、ＳＤＥＣＥ第五部の責任者、ジャン＝ジャック・ギョーム大佐と、ＤＳＴの局長、シャルル・ルヴォアがホワイトとブラックを待っていた。

ＳＤＥＣＥの三人は、四人を残して部屋を出て行った。

彼らはドアの外で見張りを始めたのだ。

内務省の建物は重厚で魅力的だった。政府の施設ということで堅さはぬぐい去れないが、決して殺風景ではない。

今、四人がいる部屋にも、美しい絨毯《じゅうたん》と、柔らかそうなソファが置かれていた。

フランス政府のふたりは名乗ったが、握手をしようとはしなかった。

ホワイトもブラックもそれを期待してはいなかった。

SDECE第五部のギョーム大佐が言った。

「腰かけようじゃないか」

彼は年は取っていたが、筋金入りの軍人であることがすぐにわかった。

スマートな体格をしているが、貫禄は充分だった。

髪は見事な白髪で、濃い灰色の眼をしている。

その眼光は鋭かった。

一方、DSTのルヴォアは、ギョーム大佐に比べるとずいぶんと見劣りがした。

彼は小肥りで背の低い中年男だった。黒い髪はすっかり薄くなっている。眼は濃い茶色だった。

その眼には常に猜疑《さいぎ》の色があった。

「初めに言っておく」

ギョーム大佐が言った。「首相や大統領が何を考えて君たちを呼んだのか知らんが、私たちは、傭兵などの助力はまったく必要としていない」

大佐はそこで言葉を切ってホワイトとブラックの反応をうかがった。

ふたりは何も言わなかった。

そこで、ギョーム大佐はさらに言った。

「第一、現在、フランス国内の治安は保たれている。君たちは、パリ見物でもしてすぐに帰ることだな」

「フランス国内の治安は保たれている……」

ブラックは相手の言葉を繰り返した。見事なフランス語だった。「辛《かろ》うじてね……」

「辛うじて」

ギョーム大佐は首を振った。「それは違う。今、フランス国内で起きている事件は、すべてフランス政府と警察が管理可能なものばかりだ」

「私たちはそうは聞いていない」

ブラックが言った。

ホワイトは、ルヴォアに尋ねた。

「あなたもギョーム大佐と同じお考えですか」

これもきれいなフランス語だった。

ルヴォアは、目を細めたが口を開こうとしなかった。

ホワイトは、重そうなアタッシェ・ケースを膝の上に乗せ、相手からなかが見えないように小さく開いて、マニラ紙の薄いファイルを取り出した。

「これをごらんください」

ホワイトはファイルをギョーム大佐に差し出した。「そこには、ここ一カ月間にフランス国内に侵入したと思われるプロのテロリストの顔写真と略歴がとじられています」

ギョーム大佐は、ホワイトとブラックを交互に見すえてから、おもむろにファイルを手にした。

関心なさそうにファイルを開いたが、その眼に現れた驚きの色が演技を裏切っていた。

ギョーム大佐は、無言でファイルをルヴォアに手渡した。

ルヴォアは、眉根にしわを寄せてファイルに見入った。

やがて眼を上げたルヴォアは、わずかにうろたえた表情でギョーム大佐の顔を見た。

ギョーム大佐は、背もたれにゆっくりと体をあずけ、ひとつ溜め息をついてから言った。

「このリストはどこで入手したのだね」

ホワイトがこたえた。

「われわれトランプ・フォースをバックアップする情報網が独自に作成したものです。私たちは、世界各地に情報網を持っています」

「謎の人物、ムッシュ・ゴールド……」

ギョーム大佐はつぶやくように言った。「有名な人物だが、誰もその正体を知らん。とてつもない財力を持っているというが、金にあかして情報をかき集めているというわけかね」

ブラックは、ギョーム大佐の皮肉めいた言葉を無視して問い詰めるように言った。

「そのファイルをどう評価されますか」

ギョーム大佐とルヴォアは顔を見合わせた。

ルヴォアがかすかにうなずいた。

ギョーム大佐が言った。

「確かにこのファイルは、われわれがつかんでいる情報とほぼ一致している。君たちの情報網がすぐれていることは認めよう」

ホワイトはうなずいた。

「私たちは、そのリストにあるテロリストたちの手口を熟知しています。先ほど、大佐はわれわれに、『傭兵などの助けを借りる必要はない』と言われました。しかし、トランプ・フォースはただの傭兵ではありません。対テロリズム専門のスペシャリスト部隊なのです。私たちは国家から正式な依頼がない限り、決して動くことはありません。そして今回は、あなたの国の正式の依頼を受けてやってきたのです。私たちは、ＳＤＥＣＥやＤＳＴの実力を見くびっているわけではないのです。トランプ・フォースはあくまでその国の組織と協力し合ってテロを未然に防ぐことを目的としているのです」

ギョーム大佐は表情を変えず、じっとホワイトを見つめていた。

ルヴォアは、ホワイトとギョームの表情を、眼だけ動かして油断なくうかがっている。

ホワイトが言った。

「さあ、これからの時間は、牽制《けんせい》し合うのではなくて、お互いの情報を出し合って具体的な協力態勢を話し合う時間じゃないですか」

ギョーム大佐はしばらく無言でいた。

やがて彼は身を起こし、背を伸ばした。

「よろしい。君の言うことは正しいと認めざるを得ない。私もルヴォアもたいへん多忙な人間だ。すぐに詳しい状況を説明しよう」

ギョーム大佐は、ホワイトとブラックを受け入れたのだった。


佐竹竜とマーガレット・リーは市内の散策から早々に引き上げてきた。

ホテル・ブリストルは、大統領官邸のエリゼ宮とフォーブール・サン・トノレ通りをはさんで建つ内務省のビルのすぐ近くにあった。

「さて、目と鼻のさきで、ホワイトはフランス政府の最も手強《てごわ》い人間を相手に密談をしているというわけだ」

部屋にもどると、佐竹竜は言った。「僕たちは待機の状態に入った」

マーガレットは佐竹の言葉が耳に入らなかったとでもいうように、あらためて部屋を見回した。

「夜になると、いっそうすてきな部屋になるわ」

「何だって……」

「私、シャワーを浴びてきていいかしら」

「かまわないよ」

彼女は、しばらくバッグをかき回していたが、身だしなみをととのえるための女の七つ道具をかかえると、バスルームに消えて行った。

シャワーを使う音がかすかに聞こえてきて、佐竹は落ち着かない気分になった。

彼は、訓練所で教えられた注意を思い出し、なるべく窓に近づかないようにしながら部屋を横切った。

ソファに深々と身を沈めると、パリの街並みを思い出していた。

学生のころ見たのと、ずいぶんと印象が違っていた。自分の側の問題だと彼は思った。

三十分後、マーガレット・リーがバスルームから出て来た。

佐竹は驚いた。彼女はバスタオルを巻いていただけだった。

胸から豊かなふたつのふくらみがこぼれおちそうだった。形のいい脚が伸びている。

肌はきめこまかく、ほの暗い照明のなかで、青白く光っているようにさえ見えた。

李文華《リー・ウェンファ》――マーガレット・リーは、ぞっとするくらい美しかった。

「さあ、連絡が来るまでのあいだ、ちょっと楽しんでみる?」

「ばかなことを言うな……」

「でも、ここにはダブルベッドがひとつあるのよ」

佐竹は返答にこまった。

マーガレットは笑った。

「ごめんなさい。冗談よ」

「心臓によくないな」

彼女はいたずらっぽく佐竹を見つめた。

「あなたがあんまり女性に興味がなさそうなんで、ついからかってみたくなったのよ」

彼女は、衣服をつけるために再びバスルームへ入った。

佐竹はつぶやいた。

「興味がないわけじゃないさ。興味を持たれなかったんだ。これまで、ずっとね」

16

デービッド・ワイズマンはホテルにチェックインするとすぐに外出した。

ワイズマンが泊まったのは、三つ星のボエシ・ホテルだった。大衆的だが、浴室とトイレがついた申し分ないホテルだ。

ワイズマンは、地下鉄に乗り、ピガール広場駅で降りた。そこはモンマルトルの丘だった。

ピガール広場から、クリシー大通りに入ると、周囲は女性の裸体を売り物にする看板が目立ってきた。

ワイズマンはさらに、クリシー大通りとピガール通りにはさまれた一角の裏路地に足を踏み入れた。

街角に娼婦が立つにはまだ時間が早かった。

ワイズマンは、古いバーのドアを押した。

入るとすぐにカウンターがあり、右手奥には木のテーブルのある、ありきたりのバーだった。誰かが音楽を奏《かな》でるわけでもないし、女が話し相手になるわけでもない。

店のなかは静かだった。

男たちは、黙って酒を味わっている。

陽気に騒ぐ客はひとりもいない。カウンターにもたれている男たちは、たいていひとりでやってきた客だし、テーブルにいる客たちも、小声で時折言葉を交わすだけだった。

この店がありきたりでないのは、客のほとんどが外国人だということだった。

パリの人間はバーよりもカフェで陽気に酒を飲むのを好むのだ。

ワイズマンは、カウンターに近づきビールを注文した。

バーテンダーはうさんくさげにワイズマンを見つめ、ジョッキを勢いよくカウンターに置いた。

ワイズマンはバーテンが自分を気に入らない理由を知っていた。

「ネクタイをした客が珍しいか」

ワイズマンは、頭髪が薄くなったバーテンダーに尋ねた。彼はインドシナで特殊部隊として戦ったのだから当然フランス語は話せたが、故意に英語を使った。

バーテンダーは、ちらりとワイズマンを見て、すぐに眼をそらした。

「珍しくはない」

彼はぶっきらぼうに言った。「だが、きれいななりをした連中がこの店へ来ると、たいている面倒事が起こる」

「俺が警察に見えるか」

「さあね。何に見えるかなんてことは問題じゃない。あんたが何者かってことが問題なんだ」

カウンターにいる客は、ワイズマンとバーテンダーの会話にまったく関心を示そうとしなかった。

この店に集まる人間は、とっくの昔に、他人のことに気を配ることなどやめてしまっているのだ。

「そう思うんだったら」ワイズマンは、バーテンダーに向かって、さらに言った。「この俺の顔をよく見るんだな、ジャン＝ピエール」

不意に自分の名を呼ばれたバーテンダーは、眉をひそめた。

彼はじっと見つめた。

その眼に驚きと喜びの色が浮かんだ。

「どうだ。二枚目のツラだろう」

「おい、ダビドか。ダビド・ワイズマン」

「ダビドじゃない。デービッドだ」

「とっくに死んじまったもんだと思ってた。噂してたんだ。ワイズマンは、ろくな死にかたをしないってな」

カウンターにいたひとりが反応を示した。

茶色の眼をした中年男だった。

「ワイズマン……」

彼はつぶやくように言って、近づいてきた。「八二年にサンサルバドルにいた、あのワイズマンか」

「ワイズマンはどこへでも行ったさ」

ジャン＝ピエールが自慢げに言った。「エルサルバドル、ニカラグア、チャド……。そのまえは、米軍にいてインドシナで戦った」

「俺はハンスってんだ。ハンス・ワッツ。俺は、あんたのすぐそばで戦っていたんだ」

「そうか……」

ワイズマンはほほえんだ。

「爆薬を使わせりゃ、あんたにかなう人間はいないという噂だった。ワイズマンなら、クラッカーから水爆まで自由自在――そんな評判だった」

「昔の話だ。今じゃ花火に火をつけるのもおそろしい」

このジャン＝ピエールの店は、フランスから旅立ち、そしてもどってくる傭兵やもと傭兵が集まる店なのだ。

傭兵稼業の出発点にフランスを選ぶ男たちが多いのは、フランス軍が伝統的に外人部隊を募集しているという理由によるのだ。

「ジャン＝ピエール」

ワイズマンは、真顔になって言った。「あんたが、いく分かであれ、まだ祖国を愛し続けていることを願って訊《き》きたいことがある」

「いく分かだって――」

ジャン＝ピエールは目を丸くして見せた。「冗談を言ってもらってはこまる。俺はこの国で生まれ、誰が何と言おうとこの国で死んでいくんだ」

「じゃあ話は早い。あんたは、その大切な国で騒動を起こそうとする人間を許せないわけだ」

「それは違う。騒ぎは大歓迎だ。特に腐った政治家どもが吊るし上げられるんだったらね。フランスは革命で生まれた国だ。知らなかったのか」

「美しい文化遺産が粉々にされ、罪のない市民が大勢殺されても、か？」

バーテンダーの表情がにわかに険しくなった。

「そいつは話が別だぜ、ダビド。文化遺産などくそくらえだが、女子供が殺されるってのは黙っちゃいられない。第一、若い娘が殺されるなんて、もったいないじゃないか」

「そこで訊くが、そういうことをやりそうな人間がここに立ち寄らなかったか。あるいは、噂を耳にしなかったか」

たちまちジャン＝ピエールの眼に猜疑の色が浮かんだ。

「そんなこと尋ねてどうしようってんだ、ダビド。あんた、いったい何をやろうってんだ」

「そうとんがるな、ジャン＝ピエール。俺は警察じゃないんだ。ただ、風の便りに、悪い噂を聞いてな。近々、フランスで、でかいことをやらかそうとしているやつがいるらしい」

「そいつに一枚嚙《か》もうってんじゃないだろうな」

「逆だよ。俺はあんたの祖国の味方に回ろうとしてるんだ」

「ダビド、あんたは各地で名を上げた傭兵だった。それが、ぷっつりと消息を絶っちまった。そして、突然、また俺のまえに現れて、犬みたいに妙なことを嗅《か》ぎ回っている」

「気にいらんか」

「ああ、そのぱりっとした服装同様にね。あんた、何者になっちまったんだ。言っちまえよ」

「わかるだろう、ジャン＝ピエール」

ワイズマンは首を振った。「そういうことは言えないんだ。ただ、これだけは信じてくれ。俺はあんたの国の側の人間だ。まあ、今のところはね」

ジャン＝ピエールはじっとワイズマンを見つめていた。

ほとんど睨みつけていると言ってよかった。

ワイズマンは、嘘いつわりはない、とばかりに両手を広げて見せた。

ジャン＝ピエールは鋭い視線のまま小さくうなずいた。

「いいだろう、ダビド。あんたの過去の栄光に免じて、信じてやることにしよう。だが残念なことに、そんなやつはここへは来なかった。噂も聞いたことはない」

「もったいぶってるんじゃないだろうな」

「俺だって相手を見るよ」

ワイズマンはポケットに手を入れて札を出そうとした。

「よしてくれ、ダビド」

ジャン＝ピエールは驚いて言った。「そんなつもりじゃない。本当にそんな話は知らないんだ」

ワイズマンは、かまわずに札を出した。

「いいんだ。ビール代だ」

「多過ぎる」

「かまわん。取っておいてくれ」

ワイズマンは、カウンターを離れようとした。

「おい、もう行っちまうのか。久しぶりじゃないか」

ワイズマンは淋しげにほほえんで見せただけで何も言わなかった。

「待ってくれ」

ワイズマンが背を向けたとき、ハンス・ワッツが呼び止めた。

ワイズマンは振り返った。

ワッツが考えながら言った。

「俺に心当たりがある」

ワイズマンは、ワッツのほうに向き直り、しばらくその顔を見つめていた。

彼はカウンターのもとの位置にもどった。「どんな話だ」

「確認したわけじゃない。俺も小耳にはさんだだけなんだが……」

「かまわんさ」

「フランク・ミラーがパリに潜入しているという話だ」

ワイズマンの眼がすっと細くなり、底光りした。

彼は続いてジャン＝ピエールと顔を見合わせていた。

ジャン＝ピエールも驚きを露《あら》わにしていた。

「フランク・ミラー……」

ワイズマンはうなるように言った。「ＩＮＬＡ（アイルランド民族解放軍）の英雄じゃないか」

ジャン＝ピエールは言った。「ＩＮＬＡは、ＩＲＡ（アイルランド共和国軍）の過激派《プロビジョナル》でさえ非難するとんでもない連中だ。彼らにはかつてのＩＲＡのような理念などない。やつらの頭のなかにあるのはただただ破壊することだけだ」

「金で雇われたんだろうか」

ワイズマンは自問するように言った。

「それしかないだろう」

ワッツは言った。「だが、はした金で動くような男じゃない。雇ったのは、きっと、ちょっとした組織だと思うがね……」

ワイズマンは、思案顔でうなずいた。

「俺が知ってるのは、それだけだ。だが、知ってるだろう。フランク・ミラーってのは、あんたと同じ爆弾のプロだ。パリも物騒なやつに訪問されたもんだ」

「ジャン＝ピエール」

ワイズマンは、なぜか浮きうきした調子で言った。「ビールだ。俺と、それから、このワッツにも」

バーテンダーの顔もほころんだ。

「そうこなくっちゃな、ダビド」

「デービッドだ」

「君たちのリストと、現在、SDECEとDSTで洗い出しているリストを比較してみた」

ギョーム大佐は、コンピューターからアウトプットされたハードコピーを睨んで言った。

「顔ぶれはほぼ一致している。そして、その連中にはDSTの警官がぴったりと張りついている。やつらは身動きできない状態だ」

「ほぼ一致している？」

ブラックが訊き返した。

「そう」

ギョーム大佐は、手に持っていたアウトプット用紙をブラックに渡した。

ブラックは、その紙を見つめた。

「どちらかに載っていて、もう片方に載っていない人物――そいつが問題だ」

「四人います」

DSTのルヴォアがすかさず言った。「まず、チャイニーズ・マフィアがよく使う殺し屋の楊隆《ヤン・ルン》。ドイツ赤軍の活動家、ワルター・カッツェ。そして、フリーランスのスナイパー、アブドル・シド……」

「どいつも一流だ。だが大物じゃない」

ブラックが言った。

「そして最後が、ＩＮＬＡのフランク・ミラー」

ブラックとホワイトは同時に顔を上げた。

ふたりは顔を見合わせた。

「フランク・ミラーですって……」

ホワイトが言った。

「そう……」

ルヴォアは、目を細めてうなずいた。「以上の四人が、私たちのリストにあって、あなたたちのリストになかった人間です」

「その四人のなかで、フランク・ミラーは別格です」

ホワイトは言った。「彼は大物です。プロ中のプロだ。だが、彼が北アイルランドから出るとは考えられない」

「考えられなくはない」

ブラックが言った。「ＩＮＬＡの活動資金として見合うだけの報酬を約束されたとしたらな」

ホワイトはブラックをまじまじと見つめた。「わかるよ」

ブラックは、視線をそらした。「あんたの国の問題だ」

「ほう……」

ギョーム大佐がホワイトに言った。「君はアイルランド人だったのかね。どうりで口が達者だ」

「フランク・ミラー」

ルヴォアは、紙の束のなかから顔写真つきのプロフィールを抜き出して読み始めた。

「年齢不詳。推定年齢四十歳。北アイルランドにおいて、多くの爆破事件に関与。また、活動資金調達の名目で、銀行の金庫を爆破すること三回――いずれも海外の銀行ですね。青い眼に金髪。身長一七五センチ、やせ型……」

「知ってるさ、それくらいのことは」

ブラックが言った。「われわれの世界でフランク・ミラーを知らないやつは、モグリだ。問題は何をしに来たかってことだ。やつは、観光旅行をするために海外へ出るような男じゃない。スコットランド・ヤードのスペシャル・ブランチが超A級犯罪者として特別にマークしているはずだからな」

「手口がわかれば、ある程度、目的はわかる」

ギョーム大佐が言った。

「そのとおりです」

ホワイトがうなずく。「楊隆は、拳法と東洋に伝わる隠し武器の使い手です。ワルター・カッツェはナイフを主に使います。アブドル・シドはライフル……。この三人は、一人一殺のタイプです」

「つまり、重要人物の暗殺が目的ということだね」

ギョーム大佐が確認するように尋ねた。

「そういうことです。しかし、爆弾のプロ、フランク・ミラーがパリに来ているとなると、これは話が別です。大規模な無差別テロも考えられます」

「いや、それはどうかな」

ブラックが言った。「無差別テロならわざわざフランク・ミラーを呼ぶ必要はない。ターゲットが限定されていない爆弾テロなら、素人にだってできる。フランク・ミラーほどの人間を動かすには、莫大な金がかかるんだ」

「なるほど」

ギョーム大佐はうなずいた。「複数の要人の暗殺という線かな」

「その可能性が強いな……」

「すぐに今後の催し物のスケジュールを洗い出させよう」

ギョーム大佐は立ち上がり、ドアの外にいたＳＤＥＣＥ第五部の若者に命じた。

ギョーム大佐がソファのもとの席にもどると、ルヴォアはホワイトとブラックに尋ねた。

「さきほどから聞いていると、フランク・ミラーを雇った人物のことを知っているような口振りですね」

「心当たりはあります」

ホワイトがうなずいた。

「うかがいたいですな」

ホワイトとブラックは顔を見合った。ブラックは慎重な表情だった。

ホワイトはルヴォアに視線をもどした。

「お話しできることは限られています。なぜなら、私たちもその正体を正確につかんでいるわけではないからです」

「知ってることだけでいい」

ギョーム大佐は言った。

「フランク・ミラーを雇ったのは、個人ではなく、ある組織だと思います。そして、その組織自体は、何の政治的目的も大義も持ってはいません。彼らは、営利目的で動くのです」

「営利目的？　テロリストを雇ってどんな利益が得られるというのだね」

「テロ組織をネットワーク化し、交換テロや、破壊工作の高水準化を請け負うわけです。

そのときに、テロ組織から報酬をもらう。いわば、テロの世界のフィクサー組織なわけです。私たちは、そういったフィクサー組織の存在を確認しています。そして、今回、イランを支援する複数のグループから、そのフィクサー組織に巨額な金が動いたという情報を得ています。実を言うと、トランプ・フォースは、このフィクサー組織に対抗するために結成されたのです」

ギョーム大佐はうなずいた。

「八一年に、『灰色の狼』によるローマ法王ヨハネ・パウロ二世暗殺未遂事件が起きた。『灰色の狼』というのは、トルコのネオ・ファシスト組織だといわれている。極右のファシストがローマ法王をなぜ暗殺しようとしたのかは謎だ。しかし、そのうしろに君が言うフィクサー組織があるとすれば説明もつく」

ノックの音がして、ギョーム大佐の部下が、コンピューターのプリントアウトを持って入室してきた。

ギョーム大佐は、その紙を注意深く見つめ、ルヴォアに渡した。

若者が退出すると、ホワイトが話し始めた。

「フランスはイラン国交断絶から、常に中東ゲリラたちのテロの危機にさらされています。今回、イランとの折衝の仲立ちをイタリアに依頼し、イタリアがそれを承諾したことで、その危険はイタリアにも飛び火しました」

今後の政府による催事予定表を見つめていたルヴォアは、はっと眼を上げた。

「イタリアだ」

「どうかしたかね」

ギョーム大佐が尋ねた。

ルヴォアは、再び催事予定表に眼をもどし、確認をしてから言った。

「これです。八日後——十月一日に、わが国の通産大臣と、イタリアの通産大臣一行が会談を行なうことになっています。パリへやってくるのは、イタリアの通産大臣マルコ・ベルニーニ、財界代表のジョルジヨ・パシーノ以下スタッフ十二名……」

「会談の場所は」

ギョーム大佐の顔色が変わった。

「ＯＥＣＤ本部」

「それだ……」

ホワイトとブラックは同時につぶやいていた。

17

ホワイトとブラックは、ＳＤＥＣＥ第五部の職員によってランカスター・ホテルに案内された。

ギョーム大佐の部下たちは、政府発行の特別のカードをフロントに提示して、部屋をふたつ用意させた。

「大佐の命令でこのホテルを選びました。おくつろぎください」

そう言うと、政府のエージェントたちは去って行った。

ランカスターは、凱旋門に近い場所に立つ超高級ホテルだ。

四つ星デラックスのホテルは、古典的で豪華なものと、近代的なものとにはっきりと大別されるが、ランカスターは前者だった。

「すばらしいホテルだ」

ホワイトは溜め息まじりに言った。

ブラックは関心なさそうだった。彼は言った。

「十分後に、あんたの部屋をたずねる。チームのメンバーに集合をかけよう」

時計を見ると、夜の十一時だった。

「わかった」

ホワイトは言って、ブラックと別れた。


「いっしょに寝たっていいじゃない。広いベッドなんだし、邪魔になりゃしないわ」

「困るんだよ。女に対してあんまり免疫がないんだ。眠れなくなっちまうんだよ」

マーガレット・リーと佐竹竜《さたけりゅう》はささいなもめごとを起こしていた。

「そうなの、そんなに私が嫌いなわけね。私のことを娼婦みたいに思っているんでしょう」

「違うよ。その逆だよ」

「逆？」

「その……。つまり、自信がないんだ。マーガレットはいい女だ。それもとびきりの。同じベッドに寝たりしたら、その……がまんができなくなるかもしれない」

「変なことしたら容赦なく投げ飛ばしてやるわ」

「投げ飛ばされるのもごめんだ」

そこに電話が鳴って、いさかいは中断された。

佐竹が電話を取った。

彼は、一言も言葉を返さずに電話を切った。マーガレットのほうを向いて言った。

「ホワイトから集合命令がかかった」

「まあいいわ。あなたの病気は、治療しないといけないわね。その弱点を敵に突かれて、とんでもない危機に陥ることもあり得るわ」

「病気？　何のこった」

「女性コンプレックス。あるいは女性アレルギー。私が治療してあげるわ」

佐竹は、外出の準備をしながら言った。

「お手やわらかに。できれば時間をかけて、気長にやってほしいね」

「甘えないでよ」

佐竹は、集合命令の電話に救われた思いがしていた。


デービッド・ワイズマンは、靴をはいたままベッドに横たわり、天井を見つめていた。

彼は、しきりに思案しているようだった。

電話が鳴った。

受話器を取った彼は、先方が名乗るまで何も言わなかった。

ホワイトからの集合命令だった。

「わかった」

一言だけ言ってワイズマンは電話を切った。


ホワイトの部屋に、佐竹、マーガレット、ワイズマン、それに、ブラックと彼のチーム三人の総勢八人が集まった。

部屋は充分に広く、それだけ集まっても、余裕があった。

日本人のブラックは、体格のいい西欧人を集めてチームを作っていた。

ブラックが、一度だけ、佐竹を意味ありげに見つめた。同じ日本人ということで、やはり気になる存在なのだった。

たのむからヘマはやってくれるな——佐竹は、ブラックが無言でそう訴えかけてくるのがわかった。

フランス政府のふたりとの会談内容を、ブラックがかいつまんで説明した。

「——以上の状況を踏まえたうえで、われわれは、きわめて危険な人物がパリに潜入していると判断した」

「当ててみようか」

デービッド・ワイズマンが壁にもたれかかった姿勢で言った。

全員が彼に注目した。

ブラックは、一瞬、言葉を呑み込んだ。

ワイズマンはゆっくりと言った。

「フランク・ミラー。現在、西側で爆弾を扱わせたら、五本の指に入る男だ」

ブラックは、思わずホワイトを見た。

ホワイトは、かすかにほほえんでいるようだった。

ブラックは、ワイズマンのほうに向き直って尋ねた。

「どこでその名前を聞いたんだ」

「蛇《じゃ》の道は蛇《へび》ってやつでね」

ワイズマンは肩をすぼめた。「これくらいのことを、嗅《か》ぎ出せなくちゃ、『切り札部隊《トランプ・フォース》』の名が泣きますよ」

ブラックは咳ばらいをして、状況説明《ブリーフィング》を続けた。

彼は、OECD本部で、フランスとイタリアの通産大臣レベルの会談が行なわれることを述べた。

「――最も警戒すべきは、さきほど名前が出たフランク・ミラーによるOECD本部の爆破だ。しかし、ランクは下がるが、他にも要注意人物が三人、パリに来ていることがわかっている」

ブラックは、楊隆《ヤン・ルン》、ワルター・カッツェ、アブドル・シドの名を上げた。

マーガレット・リーがすかさず反応した。

ブラックはそれに気づいた。

「知ってるのかね、お嬢さん」

「よく知ってるわ。英国情報部には、今言った連中のファイルがそろっているので——。

特に、英国情報部SSは、フランク・ミラーには眼を光らせてますからね。そして、私は、楊隆をよく知っている。かつて、SSの香港《ホンコン》支局は、彼を使ったことがあるのよ」

「これはこれは……」

ブラックは驚きをかくしきれなかった。

訓練の間、ホワイト・チームは、ただの落ちこぼれに過ぎなかった。

しかし、実戦の場に出ると、まるで別人のようにその能力を発揮し始めたのだった。

ブラック・チームの連中は、すっかり萎縮《いしゅく》しているようにすら見えた。それだけ、ホワイト・チームがリラックスしているのだ。

ブラックは、ホワイトがこの奇妙な三人を集めてチームを作ろうとした意図が、今、初めてわかった気がした。

彼は気を取り直して説明を続けた。

「SDECEならびにDSTのスタッフが、今、言った四人を集中的に監視することになっている。フランス・イタリア両通産相の会談は八日後。われわれはOECD本部の警備に協力することになった」

ブラックは、四人の顔写真とプロフィールを、頭に叩き込むように言って回覧させた。

それから、細かな警備スケジュールと、警官の配置を説明した。

「――われわれは、民間人を装い、密《ひそ》かに警備に参加することになる」

ブラックは、アタッシェ・ケースを開けてクレジット・カードのようなものを六枚取り出した。「これが、君たちの身分と立場を保証することになる」

カードには、TRUMPの文字が大きく印刷され、それぞれの顔写真がはさみ込まれていた。

さらに、ブラックは、アタッシェ・ケースから、三挺《ちょう》の拳銃を取り出した。

いずれも同型の自動拳銃だった。

「君たちの分は、こちらにある」

ホワイトが、自分のアタッシェ・ケースを開けた。

拳銃がチーム・メンバーに手渡された。

佐竹は、その銃を初めて見た。訓練では世界中のあらゆる銃に接したが、今手にしている拳銃は、そのどれよりも軽かった。

まるで玩具を握っているような感触だった。

「グロック17……」

　ワイズマンがつぶやいた。

「そうだ」

　ホワイトが言った。「検討の結果、トランプ・フォースはこのグロック17を正式拳銃として採用することになった」

　佐竹は、軽さの理由にすぐに気がついた。外観の半分以上がプラスチックでできているのだ。

　銃のグリップやトリガーガードなど直接手に触れる下半分はすべて、プラスチックで一体成型されている。きわめて握りやすかった。

　ホワイトは、フィールド・ストリッピングを始めた。

　まずマガジンを抜き、スライドを引いて、薬室のなかに弾丸が入っていないかどうかを確かめる。

　トリガーを絞って、スライドを二、三ミリうしろへ引く。そうしておいて、ロッキング・スライドを親指の爪を使って押し下げた。

　そうすると、上部のスライドが前方に引き出せる。スライドのなかから、リコイル・スプリングをはずし、バレルを取り出した。

「これで、フィールド・ストリッピングは完了だ。各自、闇のなかでもこれができるくらいに銃に慣れてほしい」

「こいつは、いい銃だぜ」

ワイズマンが佐竹に言った。「一度に十七発も装塡《そうてん》できる。新時代のピストルだ。今に、アメリカの公用拳銃の主流になるだろう」

「撃鉄がないところを見ると、ファイアリング・ピンで撃発するタイプだな」

「そう。そして、安全装置はトリガーと一体になっている」

さらに、ホワイトとブラックは、シガレットケース大のトランシーバーを取り出し、メンバーに配った。

「こいつには、ポケットベルみたいな呼び出し装置がついている。小型だが、無免許で使用できるぎりぎりの出力を持っている。きわめて高性能のトランシーバーだ」

ホワイトが言った。「各自、常に肌身はなさず持っていること」

続いてブラックが言った。

「このトランシーバーによって作戦行動の指揮が取られることになる。呼び出しがあるまで、待機していてくれ。以上だ」

拳銃とトランシーバーをポケットや靴に収めると、ブラック・チームの連中とワイズマン、マーガレットは戸口へ向かった。

「ミスタ・ホワイト」

佐竹は、彼らに——特にマーガレットに聞こえないような声で遠慮がちに声をかけた。

「何だね」

「僕はどうしても、ミス・マーガレットと同じ部屋に泊まらなければいけませんか」

「新婚カップルという触れ込みなんだ。そうするのが自然だろう。何か問題でもあるのかね」

「いえ……」

佐竹は首を振った。「いいんです」

深夜二時に床に就いたギョーム大佐は、三十分もしないうちに電話で起こされることになった。

彼はすこぶる機嫌の悪い声で電話に出た。

部下からの報告だった。

「フランク・ミラー、楊隆、ワルター・カッツェ、アブドル・シドの四人が、密かに接触している事実をつかみました」

ギョーム大佐はたちまち目を覚ました。

「いつのことだ」

「今夜、十二時ころのことです。サン・ドニ通りのいかがわしいホテルに、それぞれが娼婦を買って入って行ったそうです。なかで会談が行なわれたのは明らかです」

「わかった。監視を怠らぬように」

ギョーム大佐は電話を切ると、すぐにダイヤルを回し始めた。

相手はすぐに出た。

「ルヴォアかね」

「ギョーム大佐ですね」

「起きていたかね」

「今しがた、起こされました」

「フランク・ミラー、楊隆、ワルター・カッツェ、アブドル・シドの四人が組んでいると
いう話を聞かされたと言うわけだな。ＤＳＴもちゃんとやってるようじゃないか」

「そちらもね、大佐」

「狙いはいったい何なのだろう。やつら四人が組む狙いは……」

「これまでの例から言うと、ちょっと考えられませんね。フランク・ミラーをはじめ、四
人ともほとんど完璧なプロフェッショナルです。つまり、一匹狼だということですよ」

「誰かひとりを四人で狙うというのは考えられんな。彼らはそんな仕事を請け負うはずが
ない。プライドが許さんだろうからな」

「有り得るとすれば、ただひとつ……」

「同時多発テロ……」

ギョーム大佐は、自分の言葉に背筋が寒くなる思いがした。

「これから、すぐに打ち合わせをしたいのですが……」

「三十分後に、私のオフィスで会おう」

ギョーム大佐は、電話を切ると、ベッドから起き上がり、外出の準備を始めた。

彼は、ふとトランプ・フォースのことを考えた。

このことを知らせるべきかしばらく迷った。

そして彼は、自国の治安機構だけで処理できると判断し、部屋を出た。


SDECE第五部の、ギョーム大佐の部屋に、DSTのルヴォア、RG（国家警察総合情報部）の局長、パリ警察庁の保安部長が顔を並べた。

彼らは、ギョーム大佐の説明を聞いて、深夜に突然呼び集められた不満の色を、一瞬にして消し去った。

ギョーム大佐は、これから、DST、RG、パリ警察庁といった警備警察機構が何をすればいいかを、てきぱきと述べた。

まずは徹底した監視体制だった。

二十四時間、四人のテロリストから、何があっても眼を離さないことが何よりも重要だった。

そのため、DST、RG、パリ警察庁保安部は、協力し合い、二重三重の監視網を敷くことにした。

打ち合わせが終わると、RG局長とパリ警察庁保安部長は、すぐさま自分の庁舎に向かった。

彼らの眠る時間は失われた。

DSTのルヴォアだけが部屋に残っていた。

彼はギョーム大佐に尋ねた。

「トランプ・フォースの連中には、このことは知らせたのですか」

ギョーム大佐は、首を振った。

「まだ彼らを認めていないのですか」

「いや、そうじゃない。彼らの力は認めている。同様に、彼らにも私たちの力を認めさせたいのだ。そうは思わんかね、ルヴォア」

ルヴォアは、それにはこたえず、「失礼します」とだけ言って、ギョーム大佐の部屋を出た。

外へ出ると、夜が明けかけていた。息が白く、ルヴォアの眼に映るパリは青く美しかった。

「くそっ」

ルヴォアはつぶやいた。「いつからこの美しい街は、こんなに物騒になっちまったんだ」

デービッド・ワイズマンは、熟睡していたが、電話の音で、すぐさま目を覚ました。米陸軍特殊部隊で叩き込まれた習慣だった。

反射的に彼は、枕の下に右手を持って行った。そこにはグロック17のたのもしい手ざわりがあった。

彼は物音の正体が電話のベルだと気づき、全身の力を抜いて、溜め息をついた。

彼は受話器を取り、相手が話し出すのを待った。

「ダビドか」

「ジャン＝ピエール」

ワイズマンは、時計を見た。午前四時になろうとしていた。「何時だと思ってるんだ」

「今、店のあとしまつを終えて、家に帰ったところなんだ。知らせたいことがあったんだ。だが、店からは電話できなかった。どこに耳があるかわからない。あぶなくって……」

ワイズマンは真剣な声になった。

「わかった、ジャン＝ピエール。話を聞こう」

「知らせたいことは、ひとつだけだ。フランク・ミラーはひとりじゃない。三人の男と組んでいる」

「三人の男」

ワイズマンは即座に言った。「楊隆、ワルター・カッツェ、それにアブドル・シドの三人か」

「名前は知らない。だが、東洋人と中東系の男がいたというから、あんたが今言った連中にまちがいないだろう」

「よく知らせてくれた、ジャン＝ピエール。言ってくれ。何が欲しいんだ」

「そんなつもりじゃないんだ、ダビド」

「信じられんな。金なら何とかする」

「違うんだ」

ジャン＝ピエールは言った。「あんた、フランスのために働いていると言ったな。そいつを信じたんだ。フランス人は暴力に屈することが大嫌いなんだ。ナチス・ドイツにもレジスタンスで戦い続けた。わかるだろう」

「よくわかるとも」

「少なくとも、俺にはわかる。フランク・ミラー――あいつは敵で、あんたは味方だ」

「そのとおりだ、ジャン＝ピエール」

「ダビド、やつらに負けるな」

「ああ。心配するな」

ワイズマンはもう一度言った。「よく知らせてくれた、ジャン＝ピエール」

彼は、電話を切ると、すぐにランカスター・ホテルの番号をダイヤルした。

交換が出ると言った。

「宿泊している、ミスタ・ホワイトを……」

18

集中的な警備は、フランク・ミラーら四人の身動きを取れなくしていた。監視は充分な成果を上げていた。四人のテロリストは監視をまくことすらできなかった。街を歩くときは、前後左右四人で取り囲むようにして尾行がついていた。四人は、一度、娼婦が利用する安宿で顔を合わせて以来、一度も接触しなかった。ギョーム大佐とルヴォアは、この監視体制に満足しきっていた。

何も起こらぬまま、三日が過ぎた。

「あと四日だ。あと四日、この状態が維持できれば、イタリアの通産大臣も、わがフランスの大臣も無事でいられる」

ギョーム大佐は、部屋にいた部下のひとりに言った。

「はい」

部下はこたえた。「少なくとも、このパリにおいては……」

ギョーム大佐はその返事が気に入らなかった。

「パリで何事もないことが何より重要なのだよ。われわれは、無事、オルリー空港から、イタリアの大臣一行を送り出してしまえばいいのだ」

「はい。心得ております」

そのとき、性急なノックの音が聞こえた。

「入りたまえ」

ギョーム大佐は言った。

だが、その言葉を待つまえにドアは開きかけていた。

戸口に若い職員が立っていた。

「何ごとだ」

ギョーム大佐は眉をひそめて尋ねた。

「ただいま、楊隆《ヤン・ルン》を監視していたグループから報告が入りました。楊隆は、オルリー空港から出国しました」

「何だと……」

ギョーム大佐は、わけがわからずつぶやいた。「どういうことだ」

部屋にいた部下と、戸口の若い職員は顔を見合わせた。

報告に来た若者は、肩をすぼめた。

「さあ……」

「行き先はどこなんだ」

「香港までのチケットを買っていますが、本当に香港へ行くのかは不明です」

ギョーム大佐は、考え込んだ。

「失礼します」

若者はドアを閉めた。

大佐は、部下に言った。

「どういうことだと思う……」

部下は困惑の表情を露《あら》わにした。

「警備の厳重さにおそれをなして、計画を中止したとも考えられますが……」

ギョーム大佐は何も言わなかった。

それから二十分後、同じ若者が、また戸口に現れた。

「今度は、ワルター・カッツェです」

彼は言った。「ドゴール空港から、ロサンゼルス行きの便に乗り込みました」

「何だと……」

ギョーム大佐は言った。「確かに機内に入ったのだろうな」

「確かです。うちの局員が離陸するまで監視を続け、確認しました」

ギョームはうなった。

それから一時間のうちに、アブドル・シドがオルリー空港から、フランク・ミラーが鉄道で、あいついでパリをあとにしたという知らせが入った。

たまらずギョーム大佐は、ＤＳＴのルヴォアに電話していた。

「こっちでも確認しています」

ルヴォアは言った。

「……で、どう思うね」

「私たちの勝利――そう考えたいものですな」

「だが、実際には、そう思っていないのだろう」

「そのとおりです。相手が相手ですからね。しかし、公式にはそう判断するしかないのですよ」

「どういうことだね」

「敵がパリからいなくなってしまったのですからね。パリ警察庁は、さっそく、警備体制を、通常のものにもどそうとしていますよ。まあ、彼らもぎりぎりのところで頑張ってましたからね。パンク寸前だったたんですよ」

「君のところやＲＧはどうなんだね」

「集中警戒体制は解除せざるを得んでしょうね。なにせ、当面の敵は国外へ逃げてしまったのですから」

「逃げてしまった？　彼らがかね？　ばかな……。考えているんだ。何かを……」

「そうだとしても、DST、RG、ともに、現在の体制を維持することはできませんよ。何と言っても、われわれの仕事は、フランス国土の安全を保つことにあるのですから」

「わかった。それでOECD本部の警戒のほうはどうなるのかね」

「通常の国際会談の際の警備となるでしょう。そちらは主に、パリ警察の管轄になります」

「そうだろうとも」

ギョーム大佐は受話器を架台に置いた。

「さてと……」

彼は、部下に向かって言った。「パリ警察、DST、RG、ともに安心して警戒を解いてしまう。私らだけで頑張らにゃならなくなったぞ」


二日後、ベルギーのアントワープ郊外にある小さな空港に、楊隆、ワルター・カッツェ、アブドル・シドの三人が姿を現した。

エプロンに双発の自家用機が駐機しており、三人は無言でそこへ向かった。

三人が乗り込むとパイロットはエンジンの出力を上げ、管制官からの指示を待った。

管制事務局に提出したフライトプランはでたらめだったが、パイロットは、事故が起きて止むを得ず着陸可能な場所へ不時着するという筋書きを考えていた。

「パリの北約六十キロのあたりに、平らな草原がある。ボーヴェとクレーモンの間で、森林地帯だ」

パイロットが言った。「俺は何度もそこを使っている。そこに車を用意してある。古い型のシトロエンだ」

三人のテロリストは、無言で顔を見合わせた。

パイロットは、返事もあいづちも期待していないといった口調で説明を続けた。

「しばらくは、フライトプランに従って飛ばなければならない。でないと、たちまち、フランスのミラージュかＮＡＴＯ軍がスクランブル発進してくる。俺はメーデーを発しながら降下し、不時着する。あんたたちは、着陸したらすぐに車でパリへ向かうというわけだ」

そのとき、管制塔から離陸許可の無線が入った。

飛行機は滑走路を疾走し、空へ舞い上がった。

アントワープの空港で、ブラック・チームの三人が顔を合わせ、驚いていた。

彼らは、それぞれ、テロリストたちをマンツーマンで尾行していたのだ。

彼らは、空港からパリへ国際電話をかけた。

　ブラックが電話口に出る。

　チームのひとりが報告をした。

「楊隆、ワルター・カッツェ、アブドル・シドの三人は、アントワープの飛行場に集合し、自家用機で飛び立ちました」

「そうか……。フランク・ミラーはどうした」

「現れませんでした」

「わかった。連中の行き先はひとつしかない。君たちも、すぐにパリにもどるんだ」

「わかりました」

　ブラック・チームは、すぐさま、パリ行きの最も早い手段を探し始めた。


　ランカスター・ホテルの部屋で、ブラックはホワイトに言った。

「三人はアントワープに集合して、飛行機に乗ったそうだ。おそらく、パリにこっそりともどるつもりだろう。だが、フランク・ミラーの行方《ゆくえ》は、あいかわらずわからん」

「しかたがないな。ＯＥＣＤ本部で待ち受けるしかなかろう」

「君のところのメンバーがフランク・ミラーにまかれたりしなかったら、こんなことにはならなかったんだ」

「相手が悪かったんだ。しかも、ミラーだけが、尾行をまきやすい鉄道を利用したんだ。

ミラーを担当したのは、もと英国情報部のプロだったマーガレットだ。プロ対プロの戦いだ。運が悪かったのさ」

「運ね……。それだけだと思うか」

「いいや。実は思っていない」

「言い訳のネタを見つけたか」

「まあね。三人は尾行のしやすい民間の飛行機でパリを出た。フランク・ミラーだけが、尾行のきわめてむずかしい鉄道を利用したんだ」

「何が言いたい」

「はじめから、フランク・ミラーだけが別行動を取るつもりだったんだ。そのためには、彼だけが早目に尾行をまく必要があった」

「……で、それは、どういうことなんだ」

「さあ……。まだわからん」

「ところで、三人がもどって来るかもしれないという情報は、あのギョーム大佐に知らせるべきかね」

「彼は、四人が組んでいるという情報をおそらく知っていた。しかし、私たちに知らせてこなかった。フェアじゃないな」

「私が言いたいのも、その点だよ」

「だが、われわれはあくまでもフェアにやらねばならない。知らせてやろうじゃないか」

ブラックはしばらく考えてから言った。

「そうだな」

彼は受話器を取った。


ブラックから電話を受けたギョーム大佐はすぐに部下を集め、四人を見つけ出すように命じた。

「パリ中をしらみつぶしにしろ」

それから彼は、ＤＳＴのルヴォアを呼び出した。

説明を聞いたルヴォアは電話口でうなっていた。

「どうも説得力に欠ける情報ですな」

ルヴォアは言った。「楊隆、ワルター・カッツエ、アブドル・シドの三人が、ベルギーで落ち合って小型飛行機に乗った――要はそれだけのことでしょう。肝腎《かんじん》のフランク・ミラーがいない。彼らが再びパリにもどってくるとは限らんでしょう」

「ルヴォア、君は何年この世界でメシを食ってるんだ。あの四人は、パリで打ち合わせをしているんだ。一度国外へ出たのは、私らの包囲網を解かせるためだったんだ」

「わかってますよ、大佐」

ルヴァアは悲しげに言った。「しかしですね。彼ら四人が打ち合わせをしたという証拠すらないんです。彼らはたまたま同じ日に女を買っただけなのかもしれないのですよ」

「まさか本気でそんなことを言ってるのじゃないだろうな」

「例えばの話です。つまり、私は確固とした事実を求めているわけです」

「急に腰が重くなったな、ルヴァア。いったい何があったんだ」

「いつもと変わりませんよ。やつらがフランスに現れたという情報が入れば、私たちはすぐに動き出します。それまではどうしようもないじゃないですか」

「それじゃ遅いんだ。わかった、ルヴァア。君にやる気を起こさせてやろうじゃないか。三人がアントワープで落ち合ったという情報を誰がよこしたと思うね。わがフランス政府の人間ではない。あのトランプ・フォースの連中なのだよ。情けないとは思わんのかね」

「思いませんね」

ルヴァアはあっさりと言ってのけた。「ベルギーで何が起ころうと気にはなりません。何度も言いますが、私たちDSTはフランス国土の保安が……」

ギョーム大佐は電話を切って、毒づいた。

「腰ぬけめ。もうDSTなど頼りにせん」

受話器を叩きつけるすごい音に、思わずルヴァアは顔をしかめた。

その様子を、おもしろそうに壁際から見つめている男がいた。

白髪に、白いひげをはやした初老の紳士だった。

しかし、白髪は銀粉をといたグリースで念入りに染めたものだし、白いひげはつけひげだった。

茶色い眼をしていたが、それはコンタクトレンズで色を変えているのだった。本当は青い眼をしていた。

初老に見えるのは、変装と、その卓抜した演技力によるもので、実は四十歳になったばかりだった。

シャルル・ルヴォアは、その男を睨みつけて言った。

「私だっていつまでも警備陣の動きを封じていられるわけじゃないんだ」

壁際に立ったフランク・ミラーは、静かなよく透る声で言った。

「いや、上出来だったよ、ムッシュ・ルヴォア」

発音はそれほどなめらかではないが、充分に通用するフランス語だった。「今回の警備の中心はSDECEとDSTだということは最初からわかっていた。その両輪のどちらかをストップさせておかねばならないのだ」

「どうしてDSTのほうを選んだのかね」

「簡単なことだ。SDECEのギョーム大佐は、弱味が少ない。結婚をしたことがないので家族がいない。それに、彼は筋金入りの軍人で脅迫には屈しにくい」

ルヴォアは、蒼ざめるほど怒っていた。

アイルランド人は話し続けた。

「それにくらべ、あんたには妻子がある。自宅に爆弾をしかけると言われて、妻子を犠牲にしてまで国の仕事をしようと考える人間はごく稀だ」

ルヴォアは力なくうなだれていた。

「さあ、出かけよう。あなたには、もう少しだけ働いてもらいたい」

シャルル・ルヴォアは動こうとしなかった。

フランク・ミラーは言った。

「なに、たいしたことじゃない。さきほど、この局長室まで私を案内してくれたように、OECDの建物のなかへ入れてくれるだけでいい」

ルヴォアは、ぱっと顔を上げた。

「そんなことができるか」

「できるさ」

フランク・ミラーは、ほほえんだ。「あなたは、この私がOECD本部内で何をするかなんて知らないんだ。言っておくが、あんたの家に爆弾をしかけると言うのは嘘でも冗談でもない。どんなに警察が警戒しようと必ず実行する。もし、あなたが協力をしてくれなかったらの話だがね」

ルヴォアは再びうなだれた。

「さ、私は急ぐんだ。行こうじゃないか」

ルヴォアはしかたなく部屋を出た。

フランク・ミラーはそのあとに続いた。廊下で、ルヴォアに挨拶する職員たちに、ミラーはあたたかい微笑を浮かべていた。

ルヴォアが自分の車に乗り込んだ。

フランク・ミラーは助手席にすわった。彼は、ルヴォアが駐車場から車を出すことに神経を集中している隙に、煙草の箱ほどの小さな包みを、そっとシートの下に忍ばせた。

会談まであと三日あるため、OECD本部の警備はそれほど厳重ではなかった。

DST局長ルヴォアの車は、たやすく正面ゲートをくぐり抜けた。

車寄せに駐車すると、フランク・ミラーは言った。

「私は、これで消える。短い間だったが楽しかったな」

彼は、素早い身のこなしで車を降りて、建物のほうへ進んで行った。手には、アタッシェ・ケースをひとつ下げていた。

ルヴォアは、そのアタッシェ・ケースの中味を想像すると気が狂いそうになった。

彼はすぐさま、車を出し、OECD本部をあとにした。

五百メートルほど細い道を行き、車はパッシー通りに出た。

そのころ、フランク・ミラーは時計を見て時間をはかっていた。ルヴォアの車が、充分にOECD本部から遠ざかったと判断したミラーは、ポケットから小さな送信器を取り出し、スイッチを入れた。

とたんに、ルヴォアの車が火を吹き、閑静なパッシーの高級住宅街に爆発音がとどろいた。

その音は、かすかにOECD本部までとどき、フランク・ミラーはほほえんだ。

「私がここにいることは、誰にも知られたくないんだ」

19

散歩を装ってＯＥＣＤ本部の周囲をパトロールしていたデービッド・ワイズマンは、すぐさま、爆発の現場に駆けつけた。

遅れて、観光客になりすましていた佐竹《さたけ》もやってきた。

「何があったんだ」

野次馬に混じって、佐竹はワイズマンに尋ねた。

現場を見ていたワイズマンは、顔を上げ、佐竹に近づいてきた。

「爆薬をしかけられたんだ。おそらくリモートコントロールで起爆させるタイプだ。それほど大規模な爆発じゃなかったが、運転している人間を殺すには充分だった。中の人間はバラバラで人相風体などわかりゃしない」

すでに、そうとうの人だかりができていた。

パトカーのサイレンが近づいてきて、ふたりはさりげなく現場を離れた。

「フランク・ミラーのしわざと見てまちがいないだろうな」

佐竹はワイズマンに尋ねた。

「おおいに考えられる」

ワイズマンの言葉はあくまでも慎重だった。「爆弾をしかけるのは誰でもできる。しかし、運転している人間に気づかれないような爆弾で、しかもリモートコントロールで確実に作動するような代物《しろもの》を作れる人間はそうはいない」

「場所はOECD本部のすぐそばだ。フランク・ミラーである可能性は大きいだろう」

「ああ。やつは、マーガレットをまいてから、すぐにパリに舞いもどったんだ」

ワイズマンは自然と早足になっていた。

「ミラーだけがパリに残った……。どういうことだ」

「なに、いずれ残りの三人も密《ひそ》かにもどってくるさ。しかし、問題はフランク・ミラーが、何のために、三人と組んだかということだ。そして、もうひとつの問題は、さらに謎だ。どうしてやつは、大切な仕事をまえに、こんなところで爆発騒ぎを起こさなければならなかったんだ」

「自分の存在を誇示したかったんじゃないのか」

「そんなやつじゃないさ。やつはプロ中のプロなんだ」

ワイズマンは、公衆電話を見つけて、パッシー通りの爆弾事件のことをホワイトに報告した。

彼は、三人のテロリストがアントワープで落ち合って、飛行機に乗り込んだという話を聞かされた。

「注意しろ」

ホワイトは言った。「もうじき、四人が顔をそろえる」

「ああ」

ワイズマンはこたえた。「わかってるさ」

「ブラック・チームはもどりしだいそちらで君たちと合流する。私とマーガレットは、これからすぐそちらへ向かう」

「了解」

ワイズマンは電話を切った。


警察が爆発現場に到着して十分後に、被害者の身もとが確認された。

さらに二十分後、その知らせがギョーム大佐のもとにとどいた。

大佐は目をむいた。

「何かあると思っていたが……。おそらく、彼は脅迫されていたんだ」

ギョーム大佐は、独りごとを言った。

彼は沈痛な表情をぱっとぬぐい去ると、電話に手を伸ばした。

相手は国家警察SNの警察総局長だった。

「DSTのルヴァアが殺《や》られたのは知っているな。犯人はわかっている」

ギョームはこれまでのいきさつを、かいつまんで説明した。「さあ、あんたの権限で、DSTとRGをフル稼動させてくれ。あんたが動かんというのだったら、私は内務大臣にだってねじ込むぞ」

次に大佐が電話したのは、パリ警察庁の総監だった。

「すぐ保安部長の尻を叩け。OECD本部の周囲を徹底的に固めるんだ。道路に検問所を設けて、四人のテロリストをいぶり出すんだ。詳しいことは保安部長がすべて知っている。いいか、ルヴァアの弔《とむら》い合戦だぞ」

フランスの保安・警察機構がいっせいにパリで動き始めた。

しかし、それにもかかわらず、四人のテロリストの姿は発見できなかった。

ホワイトは、カーラジオで、爆発の被害者がシャルル・ルヴァアであることを知った。

彼は思わず、助手席のマーガレット・リーと顔を見合わせていた。

ふたりは、マルモッタン美術館のまえで、ワイズマンと佐竹を見つけた。

殺されたのがルヴァアであることを知ると、ワイズマンと佐竹もホワイト同様の驚きを示した。

「そのせいか」

ワイズマンは言った。「急に、OECD周辺の警備がものものしくなったんだ」

「当然だろう。あと三日、この厳戒態勢を維持して、絶対にフランク・ミラーたちを近づけないつもりだ」

ホワイトが注意深く周囲を見回しながら言った。

「さっき、佐竹と話していたんだが、どうしてもフランク・ミラーの行動でわからない点がふたつある」

ホワイトはうなずいた。

「彼はなぜ三人のテロリストと組んだか。そして、なぜ彼は、OECD本部のすぐそばで爆発騒ぎを起こさなければならなかったか……」

「そうだ」

「ふたつめの疑問は解決したんじゃないのか」

佐竹が言った。「ミラーは別に爆発騒ぎを起こしたかったわけじゃない。彼のやりかたでDST局長のルヴォアを消したかったんだ」

「どうして」

ワイズマンが尋ねた。「どうして、ミラーはルヴォアを消さなければならなかったのだ」

「もともと、今回の警備体制は、ギョーム大佐とルヴォアのふたりが中心になっていた。

その片方をつぶしておきたかったんじゃないのか」

ワイズマンは、納得しきっていなかった。

ホワイトが言った。

「サタケが言うことも一理ある。しかし、ルヴォアを殺した場所が、OECDの近くというのが気になるな……」

「ひとつめの疑問について考えたんだけど……」

マーガレット・リーが思案しながら言った。

「プロが三人集まれば、立派なゲリラ部隊ができるわよね。ちょうど、私たちみたいに」

「俺たちが立派かどうかは、問題があるところだがね」

ワイズマンが言った。

「フランク・ミラーは、そのゲリラ部隊を使って支援活動をやらせるつもりじゃないかしら。つまり、囮《おとり》、陽動作戦、掩護《えんご》射撃……そういった活動よ。そして、その隙に、ミラーは単独でOECD本部に侵入する……」

「確かに——」

ワイズマンは言った。「ミラーは、すでにどこに爆弾をしかけるべきかを検討してあるだろう。やつは、侵入しさえすれば目的を達せられる」

「ということは、彼らは、ここの警備陣にゲリラ戦をしかけてくるということだ」

ホワイトが言った。「われわれも、ここに腰をすえるとしよう。ブラック隊が到着したら、分担を決める。それまでは、私とワイズマン、サタケとマーガレット――この二組に分かれて、パトロールを続けよう」

四人は、二組となって逆方向に歩き始めた。


日が暮れてブラック・チームが合流した。

八人が集まって作戦を練っていると、制服警官がやってきた。

「何をしている」

ブラックとホワイトは顔を見合わせた。

ブラックは警官に言った。

「警備の作戦を練っている。われわれは独自のやりかたで、君たちに協力している」

彼は、トランプ・フォースのカードを取り出して相手に見せた。

「何を言ってるんだ」

警官は相手にしなかった。「すぐに解散してここから立ち去れ。でないと逮捕する」

「やらんほうが、君の身のためだ」

ブラックが言った。

「何だと……」

警官は顔色を変えた。

「どうしたんだ」

恰幅《かっぷく》のいい年配の私服警官が近づいてきて制服警官に尋ねた。

「クレマン警部……」

制服警官はその上司に、事情を説明した。

クレマン警部は、茶色のひげを人差し指でなでつけ、ブラックに言った。

「IDカードを……」

「さっき、その警官に見せたよ」

「申し訳ないが、もう一度見せていただきたい」

ブラックは言うとおりにした。

クレマン警部はそれを見つめ、他の七人に言った。

「あなたがたもカードをお持ちですかな」

全員がカードを提示した。

クレマン警部はうなずいた。

「上の者から、話は聞いています。ご協力感謝します。私たちにできることがあったら言ってください」

制服警官は訳がわからず立ち尽くしている。

ブラックは言った。

「今後、このような尋問を受けることがないように、部下のかたに徹底していただきたいですな」

警部はうなずいた。

「わかりました。だが、あなたがたも、このあたりを歩かれるときは、そのカードを胸につけていていただきたい。今、クリップを持ってこさせます」

警部は、くるりと背を向けた。

制服警官はそのあとを追った。

間もなく、同じ警官が、バネのついた紙ばさみのクリップを八つ持ってきた。

彼は、今度は敬礼をして立ち去った。


二日間は何事もなく過ぎた。

SDECE、DST、RGなど保安機構の必死の捜査にもかかわらず、楊隆《ヤン・ルン》、ワルター・カッツエ、アブドル・シドの三人は発見できなかった。

三人は身の隠しかたに長《た》けていた。それが地下活動の第一歩なのだった。

OECD本部の警備陣に、そろそろ疲労の色が出始めていた。

丸三日、何も起こらなかったので緊張がゆるみ始めているのだった。

そして、イタリア・フランス両通産相会談の前夜となった。


ふたり一組でパトロールをしていた警官の片方が、おかしな声を上げた。

「どうした」

もうひとりは振り向いて驚いた。

音もなく忍び寄った黒い影が相棒の腎臓《じんぞう》にナイフを突き立てていた。

警官は、叫ぼうとした。

そのとき、彼の喉を、鋭く突き抜けていくものがあった。

ふたりの警官はたちまち絶命していた。

黒いふたつの影——ワルター・カッツェと楊隆は死体をひきずって物陰に隠すと、再び夜の闇にまぎれた。


ブラック・チームのふたり組が通りかかった。

彼らはハリイとジャクソンという名だった。ふたりとも似かよった背恰好をしていた。

ホワイトが、まったく異なったタイプの三人を集めたのに対し、ブラックはまるで規格品のように同じような体格の三人でチームを組んでいた。

ホワイトとブラックのやりかたは、実に対照的だった。

ハリイが突然言った。

「おい、ちょっと待て、ジャクソン。このにおい……」

ジャクソンもすぐに気づいた。

彼らは、かがみ込んで地面を調べた。

血のあとがあった。

人間は、突然にやってくる死の瞬間、排泄物をすべてたれ流しにする。

ハリイはそのにおいに気がついたのだ。

彼はトランシーバーでそのことをブラックに知らせた。

ホワイト・チームの四人も、チャンネルを空けていたので、その会話を傍受した。

ハリイとジャクソンは、やがて、ふたつの死体を発見した。

ブラックが駆けつけた。

彼は素早く死体を調べた。

死体の片方の喉からうなじへ細い奇妙な武器が突き抜けていた。ブラックは、それを引き抜いた。日本人のブラックは、それが、古武道の隠し武器、手裏剣であることを知っていた。

最後に、ブラック・チームのシュナイダーが駆けて来た。

ブラックは、ハリイとジャクソンに命じた。

「警官を大至急呼んで来い。やつらが現れた」

ハリイがすぐに駆けて行った。

ブラックはトランシーバーに向かって言った。

「ホワイト、聞こえるか」

「聞こえているぞ、ブラック」

送信ボタンをはなすときに、ピッという電子音が聞こえた。

「私たちの会話は聞いていたか」

「聞いていた。全員、聞いたはずだ」

「ついにやつらが現れた。戦闘開始だ」


殺人現場に、パリ警察の殺人課の一行が到着して、お定まりの検証を始めた。

その一画が騒がしく明るくなった。

警備陣も、そちらに気を取られずにはいられなかった。

ブラック隊のハリイとジャクソンは、第一発見者ということで、殺人課の刑事から尋問を受けるはめになった。

「用が済んだら、すぐに警備に参加しろ」

ブラックは言いおいて、シュナイダーとともにその場をはなれた。

ホワイトとワイズマンは殺人現場の反対側で闇のなかにひそみ、周囲を観察していた。

「ナイフと、飛び道具の細い刃物でやられたという……。ワルター・カッツェと楊隆のしわざだな」

ホワイトが小声で言った。

「ああ、間違いない」

ワイズマンがうなずいた。「残るは、アブドル・シドとフランク・ミラーだが……」

「君ならどうするね」

「狙撃するには、少しでも高い場所が有利だ」

「あの建物はどうだ」

ホワイトは道をへだてた三階建てほどのビルを指差した。

「俺ならあそこは選ばんね。身を隠す場所が少ない。撃ち合いになったら不利だ」

「それじゃあ、あそこしかない」

ホワイトは、美術館の前に広がる森を差し示した。

ワイズマンはうなずいた。

「俺もそう思っていたところだ」

「よし、あっちへ移動するとしよう」

塀にそって注意深く進んでいた佐竹竜《さたけりゅう》とマーガレット・リーは、くぐもった男の悲鳴を聞いた。ふたりは銃を抜いて構えた。

塀の角を曲がったところで、警官がゆっくりと、倒れていくのが見えた。

すでに、地面にはさらにふたりの警官が倒れていた。警官たちのまわりに、ゆっくりと血だまりができ始めていた。

マーガレット・リーは、自分たちのほうに顔を向けた男たちのひとりに何ごとか広東語《カントン》で話しかけた。

男たちは、黒い野戦服を着ていた。

「ほう、マギーじゃないか」

楊隆は英語で言った。彼は、マーガレットが握っている拳銃に眼をやった。「これは驚いた。今度は、君は俺の敵に回ったというわけか」

「余計なことは言わないで。ふたりとも、塀に両手をつくのよ」

ワルター・カッツェは、バックマスター・ナイフを握ったままだった。

「早く言うとおりにするんだ」

佐竹が言った。「さもなければ、射殺する」

「どういう立場で動いているか知らないが」

楊隆が陽気な声で言った。「俺たちを見つけてすぐ撃たなかったことを後悔するだろう」

「どうかな。じき警官もやってくるだろう」

佐竹がそう言ったとき、遠くでライフルの発砲音が響いた。

同時に、マーガレット・リーが右肩を強く突かれたように、体をひねった。

佐竹は、そちらに気を取られた。何が起こったのか一瞬、わからなかったのだ。

楊隆には、その一瞬で充分だった。

彼は、鋭く地を蹴り、その足を内側にあおって、佐竹の拳銃を蹴り飛ばした。

反蹬腿《はんとうたい》という、中国武術で多用される蹴り技だった。

ワルター・カッツェは、すかさず、地面に倒れているマーガレット・リーから銃をもぎ取り、首筋にナイフを当てた。

「待ってくれ」

楊隆がうれしそうに言った。「その女とは、まんざら縁がないわけじゃなくってね。ぜひ、俺に殺《や》らしてほしい」

カッツェは舌を鳴らした。

「つまらんことにこだわっているときじゃない。すぐに警官がくる。この近くにゃ警官がうじゃうじゃしてるんだからな」

「なに。すぐに済むさ」

楊隆は、上体を起こしたマーガレットに近づき、左手で顎《あご》を強くつかんだ。

佐竹は、ワルター・カッツェのナイフに牽制《けんせい》されて動けずにいた。

楊隆は、マーガレットの唇に自分の唇を押しつけた。左手に力を込めて、マーガレットの口を開かせると、強引に舌をねじ込んだ。

マーガレットの左手がさっと動いた。

楊隆は素早く身を引いてそれをよけた。

「あいかわらず、いい女だ」

楊隆は、細い手裏剣を取り出した。「惜しいが死んでもらう」

森へ近づいていたホワイトとワイズマンは、反射的に地面に伏せた。

近くにいた警官たちも、同様に膝を折って身を低くしていた。

ライフルの発射音を聞いたのだった。

ホワイトとワイズマンは、しばらくじっとして様子をうかがった。

警官隊がやってきて、森を包囲しつつあった。

ライフルはそれきり沈黙した。

「いったい、何を撃ったのだろう」

ワイズマンは言った。

「わからん」

ホワイトは森を見つめていた。森のなかは真の闇だった。「だが、私たちの考えは正しかった。アブドル・シドはあのなかにいる」

「くそ」

ワイズマンはうめいた。「森のなかは真っ暗だ。こちらのほうがいくぶんか明るい。それに、むこうは暗視スコープを使っているだろう。まるで、やつが俺たちを見てあざ笑っているような気がする」

「初めてじゃあるまい。戦場ってのはそんなもんだ」

「ああ。だから嫌なんだ」

「それでも行かねばならない。さ、森へ進むぞ」

ホワイトは起き上がり、身を低くしたまま駆けた。

ワイズマンがぴったりとあとに続いていた。

森に入ると、ふたりは、太い木を見つけ、その根もとに膝をついた。

「もう一発、撃ってくれると、場所がわかるんだが」

ワイズマンが言った。

「やつもプロだ。墓穴《ぼけつ》を掘るようなことはしないだろう。今に撃たざるを得なくなる。そのために来てるんだ。それを待つしかない」

ホワイトは、ゆっくりと闇のなかを見回していた。

20

マーガレットは、倒れたままの体勢から、足を蹴り上げた。

靴が脱げて、まっすぐに楊《ヤン》の顔面に向かって飛んだ。

楊は、それを右に動いてかわした。

その動きを読んでいたように、マーガレットは跳ね起き、掌底《しょうてい》を突き出した。

マーガレットは、発勁《はっけい》を行なっていた。

一瞬の勝負だった。

すさまじい衝撃がマーガレットの掌底から楊の顔面に伝わった。

楊隆《ルン》は二メートルほど後方に吹き飛び、あおむけに倒れ、さらに後転して、動かなくなった。

マーガレットは、そのまま力尽きたように再び地面に崩れ落ちた。

「くそっ」

ワルター・カッツェは、佐竹《さたけ》に向かってバックマスター・ナイフを袈裟懸《けさが》けに切りつけておいて、森の方へ逃げようとした。

佐竹はそれを許さなかった。逃げる方向を読んで回り込んでいた。

カッツェは戦いの決意をした。いつ警官が駆けつけて来ても不思議はなかった。

佐竹が大声を上げれば、たちまち包囲陣ができただろう。

しかし、カッツェのナイフさばきは、佐竹にそんなことすらも忘れさせていた。一瞬たりとも注意をそらせないのだ。

カッツェは一歩踏み込んで、まっすぐに胸を突いてきた。

佐竹は、バックステップしてそれを手で払おうとした。とたんに、ナイフはひるがえって下から上へと弧を描いた。

佐竹は左手の前腕を切り裂かれた。辛《かろ》うじて、手首の動脈は無事だった。

血が流れてしたたった。防御のために左手を上げると、血は肘《ひじ》まで伝って、地面に落ちた。佐竹の額にいやな汗がにじんだ。

カッツェは再び前に出てきた。

佐竹は何とかナイフを持つ手をつかまえようとした。

しかし、縦から横へ、また上から下へ自在に変化するナイフの軌道はつかめなかった。

佐竹はじりじりと後退した。

カッツェは、ナイフを振りながら前進してくる。

ついに、ナイフのきっ先が、佐竹の胸に触れた。
服が横一文字に切れ、肌から血がにじんだ。
佐竹は恐怖にかられ、大きく後ずさった。
そのとき、彼は、道路の突起に足を取られ、尻もちをついた。
カッツェはナイフをまっすぐに突いてきた。
佐竹は、無意識に後方に転がり、足を跳ね上げていた。
頰にナイフが触れたのを覚えている。
気がつくと、カッツェは、自分の頭上に倒れていた。
変形の巴《ともえ》投《な》げが決まったのだった。
佐竹は、あわてて立ち上がった。
カッツェもあえぎながら立ち上がってくる。
佐竹は待ちうけた。
カッツェが立ち上がった瞬間、会心の『打ち』を放った。
『打ち』はカッツェの胸に決まった。
カッツェは、そのまま、塀まで弾《はじ》き飛ばされた。
塀に背と後頭部を打ちつけたカッツェはそのまま崩れ落ちた。
「動くな」

鋭い声がした。

見ると、ブラック・チームのハリイとジャクソンが拳銃を構えていた。

「遅いんだよ」

佐竹はつぶやいた。

そのとき、ライフルの高速弾が、佐竹の頭をかすめて、彼はめまいを起こすほどの衝撃を感じた。

佐竹は、ほとんど倒れるように、地面に伏せた。

アブドル・シドがにわかに撃ち始めた。

佐竹は、OECD本部のほうから、誰かが駆けて来るのを見た。

駆けつけた警官隊も、地面に伏せていた。

アブドル・シドの正確で矢継ぎ早の狙撃《そげき》のため、誰もが身動きできなくなっていた。

「アブドル・シドは、一発撃つごとに、場所を移動している。やつは木から降りたんだ」

ワイズマンが言った。

枯れ葉を踏む足音がして、ホワイトとワイズマンは、はっと振り返った。

ブラックとシュナイダーだった。

ブラックは言った。

「このシュナイダーは、もと狙撃兵だったんだ。シドの動きは、ある程度読めると言っている」

シュナイダーはうなずいた。

「シドは、安全ななわ張りのなかで、ほぼ正方形を描きながら動いています」

ブラックが引き継いだ。

「俺たちは四人いる。三人が大きく迂回してやつを四方から囲めばやっつけられる」

ホワイトとワイズマンは目でうなずき合った。

「よし」

ホワイトが言った。「さあ、シュナイダー。われわれが進むべきポイントを教えてくれ」

佐竹は、倒れたままのマーガレットが心配だった。

彼は匍匐《ほふく》前進して、マーガレットに近づいた。彼女の右肩から出血していた。貫通銃創だった。

佐竹は、大きなハンカチを取り出して、マーガレットの脇の下に通し、肩をきつくしばった。

ハンカチはたちまち血に濡れた。

「このままだと、彼女がもたん」

佐竹は三メートルほど離れた場所に伏せているブラック・チームのハリイとジャクソンに言った。

「今、ブラックたち四人が狙撃手《スナイパー》を片づけようとしている。警官隊も、今、ほとんどがそっちに回ってるんだ。もうじき片がつくだろう」

ハリイが言った。

アブドル・シドは撃ち続けていた。

佐竹は、また、ＯＥＣＤ本部の建物のほうで人影が動くのに気づいた。

彼は気になり、そちらに意識を集中した。

ゲートの青白い光が、一瞬、その男を照らし出した。

佐竹は、その顔がフランク・ミラーのものであることを確信した。

ミラーは、変装をしていたが、ほの暗い光がかえって粉飾を消し去り、彼本来の特徴だけを際立たせたのだ。

佐竹は、自分の拳銃をさがした。

フランク・ミラーは立ち上がった。彼はこの場から立ち去ろうとしている。

佐竹は、ハリイとジャクソンに言った。

「あいつを撃て、あそこだ。あいつはフランク・ミラーだ」

ハリイとジャクソンは、佐竹の示した方向を見た。

男のうしろ姿が見えた。男は、走り去ろうとしていた。

ハリイとジャクソンは伏せたままの姿勢で、グロック17を猛然と連射した。

フランク・ミラーが足に被弾し、倒れるのを、佐竹ははっきり見た。


ぱっとオレンジの炎がまたたいたと思うと、次の瞬間には、アブドル・シドは移動していた。

シュナイダーの言うとおり、彼は、一定の法則を持って移動していた。

しかし、シドは、急に狙撃を止めると、その法則に従わない行動を取り始めた。

明らかに撤退しようとしている。

ワイズマンは、その理由がわからなかった。

(目的を達したということか。それとも、作戦失敗と判断したのか)

アブドル・シドは、まさしく影のように移動していた。

ワイズマンは、彼が自分の位置を確実に知っていると考えていた。事実そのとおりだった。

アブドル・シドは、自分を包囲している警官とはまったく別の存在を意識していた。

ワイズマンは、アブドル・シドに近づこうと、一歩踏み出した。

彼の読みは外《はず》れていた。シドは、ワイズマンが予想した位置にいなかった。

アブドル・シドは、ワイズマンの眼のまえで、ライフルを構えていた。

ワイズマンは凍りついた。

銃声がした。ワイズマンは自分が撃たれたと思った。

しかし、倒れたのは、ホワイトが発した銃弾を受けたアブドル・シドだった。

次の瞬間、森のなかに、どっと警官隊が突入してきた。


フランク・ミラー、楊隆、ワルター・カッツェ、アブドル・シドの四人は、パリ警察に逮捕された。

トランプ・フォース全員が、合流した。そこは、佐竹とマーガレット・リーが楊とカッツェを相手に戦った場所だった。

マーガレットは意識を取りもどしていたが、出血のため消耗がひどかった。パリ警察が、救急車を呼んでくれた。

「信じられんな」

ワイズマンが言った。「俺たちゃ、あのフランク・ミラーをつかまえちまったんだ」

傷を負って、地面にすわり込んでいた佐竹が言った。

「運がよかったんだ。ＯＥＣＤの建物のほうから走って来る彼をたまたま見つけた。そして、ハリイとジャクソンが足を撃ち抜いたんだ」

そこへ、SDECEのギョーム大佐がやってきた。

彼は、傷つきつかれ果てたトランプ・フォース一同を見て、ゆっくりと敬礼をした。

「君たちのおかげで、大事に至らずに済んだ。君たちは真の戦士だ」

「いえ、あなたが最後まであきらめなかったからです、大佐」

ホワイトが言った。「さすがにすばらしいお名前をお持ちだ」

「私の名前がどうかしたかね」

「フランス語でギョーム。英語ではウィリアム。そして、わがアイルランド語ではリーアムとなります。英雄の名ですよ」

ずっと何事か考えていたワイズマンが突然言った。

「まだ終わっていない」

「どうしたんだ」

ホワイトは尋ねた。

「サタケは、フランク・ミラーがOECDのほうから走ってきたと言った。俺たちゃ、アブドル・シドたち三人は、フランク・ミラーをOECDに侵入させるための支援部隊だと思い込んでいた。だが逆だったんだ」

「逆？」

一同はワイズマンに注目していた。

「あの三人は、フランク・ミラーを無事脱出させるための支援をするために雇われたんだ。ミラーは、ＯＥＣＤにすでに侵入していたんだよ。おそらくは、ルヴォアの力を利用して。ルヴォアがあんな場所で殺された理由はそれだ。あの日から、ミラーは、ずっとＯＥＣＤ本部のなかにひそんでいたんだ」

ホワイトは、さっとギョーム大佐のほうを見た。

「人海戦術で爆弾を発見しましょう。発見したら、ドライアイスで瞬間冷凍させてください。そうすれば起爆装置は働かなくなります。解体作業は私たちがやります」

「わかった」

ギョーム大佐は、駆けて行った。

佐竹が立ち上がろうとした。

「あんたはいい」

ワイズマンが言った。「今度は、俺の出番だ。マーガレットに付いてやっててくれ」

ホワイト、ワイズマン、そしてブラック・チームはＯＥＣＤ本部内に向かった。

「爆弾に関しては、君は私より上だ」

ホワイトはワイズマンに言った。

ワイズマンはこたえた。

「だが、相手がフランク・ミラーとなると、自信ないぜ。手伝ってくれるな」

「もちろんだ」

トランプ・フォースは、会談が行なわれる予定の会議室、そして、昼食会が催される中央食堂の二カ所をくまなく調べた。

彼らが調べ終わったころ、パリ警察の爆弾処理班が到着した。

「これを使ってください」

ワイズマンは係員から、工具と冷却装置を渡された。

パリ警察は、爆弾発見用の警察犬を連れてきていた。

「会議室の下の階を調べてくれ」

ワイズマンは言った。「爆弾というのは下から上に向かって威力を発揮するんだ」

爆弾処理班の一行と警察犬は、下の階に向かった。

不審な包みが発見されたのは、それから三十分後だった。包みは、廊下の天井の裏に巧妙に隠されていた。

ワイズマンとホワイトが駆けつけた。

パリ警察の爆弾処理班のひとりが報告した。「包みは冷凍してあります。一切手を触れていません」

「よし」

ワイズマンが言った。「みんな離れて、できるだけ物陰に隠れているんだ」

「まずは、あそこから取り出さないと話にならん」

ホワイトが天井の四角い穴を見上げて言った。

脚立《きゃたつ》に登りながらワイズマンが言った。

「何とかやってみるさ」

ワイズマンは、ライトを当て、外側を細かく観察した。

「こいつはすごい」

彼は言った。「持ち上げたとたんスプリングが作動してドカンだ。そのほか、震動感知装置もついている。もちろん、包みを開こうとしてもスイッチが入る。まず、その三つを解除しよう」

ワイズマンは、腰からナイフを抜いて、外科医のように慎重にしかも手際よく、外装を割《さ》いていった。

切り抜いた部分を大きく持ち上げないように注意して、まず外装とスイッチをつなぐコードをニッパーで切った。

そうしておいて、ふたを開くようにナイフで切り抜いた部分を取り去った。

震動感知装置と信管を結ぶ回路も単純だった。ワイズマンはそれを解除した。

持ち上げるとスプリングが作動するしかけは、純粋に機械的な装置で、これも難なく切断することができた。

「さあ、問題はこれからだ。今下に降ろすから、知恵を貸してくれ、ミスタ・ホワイト」

ワイズマンは、そっと爆弾を持ち上げ、脚立を慎重に降りた。

ホワイトは、爆弾を受け取り、床に置いた。

ふたりは、じっと配線を睨んだ。

「デジタル時計と組み合わせた時限爆弾だな」

ホワイトは言った。

「ああ、そして、問題はここだ」

ワイズマンは、三本のコードをつまんだ。「このうち、一本はダミーだ。そして、一本は切断するとリレーが働き、逆に信管に電流が流れて爆発する。残り一本が信管につながる本物のコードだ。さあ、どれを選ぶ」

ホワイトは、しばらく配線を見つめ、何度も、指で回路をなぞった。

その結果、彼はきっぱりと、一番右のコードを指差した。

ワイズマンは、初めて笑った。

「意見が一致してよかったよ。考えが分かれたら、俺も迷うところだった」

彼はあっさりと、そのコードをニッパーで切断した。

そして、たちまち、信管を取り出してしまった。

ワイズマンとホワイトは、親指を立てて、ぐったりと床に尻もちをついた。

周囲で、警官たちが歓声を上げた。

「パリっていうのは、こんな街だったんだな」

佐竹はマーガレット・リーに言った。

彼らは、病院に運ばれ、五日間の治療ののち、退院した。一週間の休暇が与えられていた。

ホワイトとワイズマン、そしてブラック・チームは、一足先に訓練所にもどっていた。

佐竹とマーガレットは、シャンゼリゼ大通りをそぞろ歩いていた。

「あ……」

佐竹が声を上げた。

「どうしたの」

マーガレットが尋ねた。佐竹は前方を見つめ、ぽかんとしている。

正面から日本人のカップルが歩いてきた。

「永瀬《ながせ》さん……」

佐竹は声をかけた。

永瀬みどりも驚いて目を丸くした。

「あら、佐竹さん。こんなところで会うなんて……」

彼女は、ちらりとマーガレット・リーを見た。佐竹は、永瀬みどりと一緒にいる男を見た。

「どうしたんだ。観光旅行かい」

佐竹はみどりに尋ねた。

「いいえ、実は新婚旅行なの」

「え……」

「電撃結婚って感じだったの。彼が強引でね。あなたにも知らせようとしたんだけれど、居場所がわからなくて……」

佐竹は、頭が混乱してきた。

二組のカップルはすれ違い、別れた。

「どうしたの。急にしょぼくれちゃって」

「女はわからない。結婚する気なんかないって言ってたのに」

佐竹は、永瀬みどりとのいきさつを話した。

「あきれた」

マーガレットは言った。「そんなの失恋でも何でもないじゃない」

「そうは言うがね……」

「言わないつもりだったけど、しゃべっちゃうわ。私と楊隆は昔、同じ道場で修業したことがあるの。そのとき、私たちは愛し合っていたわ。もちろん肉体関係もあったわよ。私があのとき、たった一撃で彼を倒せたのは、彼の癖を知り抜いていたからよ」

佐竹は、驚き、ショックを受けた。

「ますます女がわからなくなった」

マーガレットは、かぶりを振って溜め息をついた。

「約束よ。あなたの女性コンプレックスを治療してあげるわ。さ、ここは、花の都、恋の都よ」

「勘弁してくれ」

佐竹は、マーガレットにわからないように日本語でつぶやいた。

本書は『トランプ・フォース　切り札部隊』（一九八八年三月扶桑社刊）を改題したものです。

DTP　嵐下英治

中公文庫

切《き》り札《ふだ》

——トランプ・フォース

2010年 8 月25日　初版発行

著　者　今《こん》野《の》　敏《びん》

発行者　浅 海　保

発行所　中央公論新社

〒104-8320　東京都中央区京橋2-8-7
電話　販売 03-3563-1431　編集 03-3563-3692
URL http://www.chuko.co.jp/

印　刷　三晃印刷

製　本　小泉製本

Published by CHUOKORON-SHINSHA, INC.
Printed in Japan　ISBN978-4-12-205351-9 C1193

各書目の下段の数字はISBNコードです。978－4－12が省略してあります。

中公文庫既刊より

こ-40-1 触　発　今野　敏
朝八時、地下鉄霞ヶ関駅で爆弾テロが発生、死傷者三百名を超える大惨事となった。内閣危機管理対策室は、捜査本部に一人の男を送り込んだ。
203810-3

こ-40-2 アキハバラ　今野　敏
秋葉原の街を舞台に、パソコンマニア、警視庁、マフィア、そして中近東のスパイまでが入り乱れる、ノンストップ・アクション&パニック小説の傑作！
204326-8

こ-40-3 パラレル　今野　敏
首都圏内で非行少年が次々に殺された。いずれの犯行も瞬時に行われ、被害者は三人組で、外傷は全く見られない。一体誰が何のために？〈解説〉関口苑生
204686-3

こ-40-4 虎の道　龍の門（上）　今野　敏
極限の貧困ゆえ、自身の強靭さを武器に一攫千金を夢みる青年・南雲凱。一方、空手道場に通う麻生英治郎は流派への違和感の中で空手の真の姿を探し始める。
204772-3

こ-40-5 虎の道　龍の門（中）　今野　敏
空手を極めるため道場を開く英治郎。その矢先、黒沢は帰らぬ人に。一方、凱の圧倒的な強さは自らの目算を外れさせ続ける……。ついに動き出す運命の歯車。
204783-9

こ-40-6 虎の道　龍の門（下）　今野　敏
「不敗神話」の中、虚しさに豪遊を繰り返す凱。「常勝軍団の総帥」に祭り上げられ苦悩する英治郎。その二人が誇りを賭けた対決に臨む！〈解説〉関口苑生
204797-6

こ-40-7 慎　治　今野　敏
同級生の執拗ないじめで、万引きを犯し、自殺まで思い詰める慎治。それを目撃した担当教師は彼を見知らぬ新しい世界に誘う。今、慎治の再生が始まる！
204900-0

こ-40-8
とせい　今野敏
日村が代貸を務める阿岐本組は今時珍しく任侠道を弁えたヤクザ。その阿岐本組長が、倒産寸前の出版社経営を引き受けることに……。〈解説〉石井啓夫
204939-0

こ-40-9
復讐　孤拳伝1　今野敏
九龍城砦のスラムで死んだ母の復讐を誓った少年・剛は苛酷な労役に耐え日本へ密航。暗黒街で体得した拳を武器に仇に闘いを挑む。本格拳法アクション。
205072-3

こ-40-10
漆黒　孤拳伝2　今野敏
松任組が仕切る秘密の格闘技興行への誘いに乗った剛は、賭け金の舞う流血の真剣勝負に挑む。非情に徹し、邪拳の様相を帯びる剛の拳が呼ぶものとは！
205083-9

こ-40-11
群雄　孤拳伝3　今野敏
修行の旅の途中、神戸で偶然救った女実業家に雇われ、暴力団との抗争に身を投じた剛は、戦いの真の意味を見出せず、いつしか自分を見失っていく……。
205110-2

こ-40-12
覚醒　孤拳伝4　今野敏
迷いの中、空手発祥の地・沖縄に向かう剛。偶然出会った老空手家の生き方に光を見る。剛は「本当の強さ」を見つける事ができるのか――感動の終幕！
205123-2

こ-40-13
陰《おん》陽《みょう》　祓師《はらいし》・鬼龍光一　今野敏
連続婦女暴行事件を追う富野刑事は、不思議な力を駆使する鬼龍光一とともに真相へ迫る。警察小説と伝奇小説が合体した好シリーズ第一弾。〈解説〉細谷正充
205210-9

こ-40-14
憑《つき》物《もの》　祓師・鬼龍光一　今野敏
若い男女が狂ったように殺し合う殺人事件が続発。現場には必ず「六芒星」のマークが遺されていた。恐るべき企みの真相に、富野・鬼龍のコンビが迫る！
205236-9

こ-40-15
膠着　今野敏
老舗の糊メーカーが社運をかけた新製品は「くっつかない接着剤」⁉ 新人営業マン丸橋啓太は商品化すべく知恵を振り絞る。サラリーマン応援小説。
205263-5

各書目の下段の数字はISBNコードです。978－4－12が省略してあります。

か-74-1　ゆりかごで眠れ（上）　垣根涼介

南米コロンビアから来た男、リキ・コバヤシ――マフィアのボス。目的は日本警察に囚われた仲間の奪還と復讐。そして、少女の未来のため。待望の文庫化。

205130-0

か-74-2　ゆりかごで眠れ（下）　垣根涼介

安らぎを夢見つつも、憎しみと悲しみの中でもがき彷徨う男女。血と喧噪の旅路の果てに彼らを待つものは、一体何なのか？　人の心の在処を描く傑作巨篇。

205131-7

は-61-1　ブルー・ローズ（上）　馳　星周

青い薔薇――それはありえない真実。優雅なセレブたちの秘密に踏み込んだ元刑事の徳永。身も心も苛む、背徳の官能の果てに見えたものとは？　新たなる馳ノワール誕生！

205206-2

は-61-2　ブルー・ローズ（下）　馳　星周

すべての代償は、死で贖え！　秘密ＳＭクラブ、公安警察との暗闘、葬り去られる殺人……。理不尽な現実に、警察組織に絶望した男の復讐が始まる。

205207-9

ほ-17-1　ジウⅠ　警視庁特殊犯捜査係　誉田哲也

都内で人質籠城事件が発生、警視庁の捜査一課特殊犯捜査係〈ＳＩＴ〉も出動するが、それは巨大な事件の序章に過ぎなかった！　警察小説に新たなる二人のヒロイン誕生!!

205082-2

ほ-17-2　ジウⅡ　警視庁特殊急襲部隊　誉田哲也

誘拐事件は解決したかに見えたが、依然として黒幕・ジウの正体は摑めない。捜査本部で事件を追う美咲。一方、特進をはたした基子の前には謎の男が！　シリーズ第二弾

205106-5

ほ-17-3　ジウⅢ　新世界秩序　誉田哲也

〈新世界秩序〉を唱えるミヤジと象徴の如く佇むジウ。彼らの狙いは何なのか？　ジウを追う美咲と東は、想像を絶する基子の姿を目撃し……!?　シリーズ完結篇。

205118-8

ほ-17-4　国境事変　誉田哲也

在日朝鮮人殺人事件の捜査で対立する公安部と捜査一課の男たち。警察官の矜持と信念を胸に、銃声轟く国境の島・対馬へ向かう。〈解説〉香山二三郎

205326-7